LE FABLIER

DE L'ENFANCE

OU LECTURES GRADUÉES

COMPOSÉES DE FABLES EN PROSE

PAR FÉNELON ET AUTRES

recueillies et mises en ordre

Par X.-T. Saunié

AUXONNE

CHEZ X. T. SAUNIÉ, IMPRIMEUR-LIBRAIRE-EDITEUR

1848.

LE FABLIER

DE L'ENFANCE

OU LECTURES GRADUÉES

COMPOSÉES

DE FABLES EN PROSE PAR FÉNELON

Et Autres,

RECUEILLIES ET MISES EN ORDRE

Par X.-T. Saunié.

AUXONNE,

EX X.-T. SAUNIÉ, IMPRIMEUR-LIBRAIRE-EDITEUR.

1847.

Préface.

Les livres destinés à la jeunesse se multiplient, et dans le nombre de ceux qui sont publiés journellement, plusieurs méritent, il faut le reconnaître, d'être honorablement cités. Nous n'avons pas la prétention de nous mettre sur les rangs des auteurs de ces derniers, mais nous croyons qu'une idée heureuse peut arriver à tout le monde et qu'il faut la mettre à profit lorsqu'elle peut être utile. Le sage Platon disait que c'était en racontant ou en lisant des fables, que l'on devait bercer les premières années de l'enfance. Nous avons pensé, comme ce philosophe, qu'un recueil de fables en prose pourrait être présenté à l'enfance sous la forme de lectures graduées. Nous avons donc recueilli un grand nombre de fables de Fénelon, de ce grand et vénérable précepteur de roi, nous en avons ajouté quelques autres d'un mérite certes bien inférieur, mais qui cependant toutes peuvent fixer l'attention de l'enfance, et nous en avons fait un volume : c'est enfin un livre de plus pour le jeune âge. Nous n'avons pas besoin de dire pourquoi nous avons donné pour ce recueil la préférence aux fables en prose sur celles en vers. Notre volume, nous le répétons, est spécialement destiné à l'enfant qui commence à lire. Son attention se trouve déjà assez captivée par la lecture elle-même, sans qu'il ait encore à fatiguer son jeune esprit des inversions et des fictions de la poésie.

Toutes les fables que nous donnons dans notre volume sont courtes, faciles à comprendre et d'un intérêt attachant; la lecture de l'une fera désirer la lecture de la suivante, et c'est, nous le croyons, la qualité première d'un livre destiné à l'enfance : car il faut intéresser les enfants pour les instruire.

Enfin nous désirons que notre petit livre produise quelques résultats utiles : nous n'ambitionnons rien de plus.

Du Travail.

INTRODUCTION.

Avant de commencer, mes chers enfants, ce petit recueil de fables que je
mets entre vos mains, il faut vous dire
en quelques mots l'obligation imposée
à tous les hommes qui veulent rendre
leur existence utile à leurs concitoyens
et à eux-mêmes. L'obligation dont je
veux vous parler, c'est le *travail*; tout
homme quelque soit sa condition,

quelque soit sa naissance, quelque soit sa fortune, se doit à la société, et le travail comme vous l'apprendrez ne consiste pas seulement dans les ouvrages manuels, mais en bien d'autres occupations qui ressortent de l'intelligence, de la capacité de chaque individu.

Oui, l'homme est né pour travailler; celui qui passerait sa vie dans une continuelle oisiveté, non seulement nuirait à la société, mais il se nuirait à lui-même, parce qu'un trop long repos affaiblit le corps, l'engourdit et finit par le rendre incapable d'aucune fonction. Au contraire l'homme actif, laborieux, acquiert le courage et la force de corps et d'esprit, qui sont des moyens efficaces et indispensables de pourvoir à sa conservation et à son bien-être.

La paresse et l'oisiveté ont de tristes résultats. Ces défauts engendrent la faiblesse et la lâcheté, sources de mille autres calamités. L'homme faible et lâche, resté en proie au désœuvrement, à l'ignorance et à toutes les fléaux que ces vices entraînent. Ne sachant éviter le mal. S'il ne commet pas d'abord de mauvaises actions, il en laisse commettre; entraîné souvent par de mauvaises compagnies, il se laisse aller peu à peu et successivement à toutes les infamies qui déshonorent l'humanité; incapable de montrer du caractère, subjugué par la terreur, il vit dans les soucis, dans la crainte, dans les angoisses. S'il a conservé dans cette vie de honteuse indolence et de déplorable apathie, encore de la fortune, il n'est plus en état de la défendre, et ses jours comme ses écus, dépendent du premier malfaiteur qui voudra y porter atteinte.

Au contraire, par le courage, la force d'esprit et l'activité, l'homme acquiert mille avantages précieux. Est-il né pauvre, son travail fournit à sa subsistance et à celle de sa famille qui prend exemple sur lui : et si, de plus, il est sobre, chaste, prudent, il acquiert bientôt de l'aisance et jouit des douceurs de la vie. Son travail même lui donne ces vertus; car tandis qu'il occupe son esprit et son corps, il ferme son cœur aux désirs déréglés; il ne connait point

l'ennui, il contracte de douces habitudes; il augmente ses forces et sa santé.
Si malgré sa prudence, malgré son activité, la fortune ne lui est point pros-
père; il supporte avec résignation les
moments d'adversité en se livrant avec
plus d'ardeur, plus d'application au travail, et le malheur est bientôt réparé,
bientôt oublié. [illegible]

Accoutumez-vous donc, mes jeunes
amis, au travail. Votre avenir dépend
de votre application, et dès-à-présent
vous en recueillez les fruits par l'atta-

chement que vous porteront vos maîtres et les caresses que vous prodigue-
ront vos parents.

chentant que vous porteront vos bras-
bras et les caresses que vous prodigue-
ront vos parents.

LE FABLIER

DE L'ENFANCE.

I.

LE LOUP ET LE JEUNE MOUTON.

Des moutons étaient en sûreté dans leur parc; les chiens dormaient; et le berger, à l'ombre d'un grand ormeau, jouait de la flûte avec d'autres bergers voisins. Un loup affamé vint, par les fentes de l'enceinte, reconnaître l'état du troupeau. Un jeune mouton sans expérience, et qui n'avait jamais rien vu, entra en conversation avec lui. Que venez-vous chercher ici, dit-il au glouton? — L'herbe tendre et fleurie, répondit le loup. Vous savez que rien n'est plus doux que de paître dans une verte prairie émaillée de fleurs, pour apaiser sa faim, et d'aller éteindre sa soif dans un clair ruisseau; j'ai trouvé ici l'un et l'autre. Que faut-il davantage? J'aime la philosophie qui enseigne à se contenter de peu. — Il est donc vrai répondit le jeune mouton, que vous ne mangez point la chair des animaux; et qu'un peu d'herbe vous suffit Si cela est, vivons comme frères et paissons ensemble. Aussitôt le mouton sort du parc dans la prairie, où le sobre philosophe le mit en pièces et l'avala. Défiez-vous des belles paroles des gens qui se vantent d'être vertueux. Jugez-en par leurs actions et non par leurs discours. F.

II.

LES DEUX RENARDS.

Deux renards entrèrent la nuit par surprise dans un poulailler. Ils étranglèrent le coq, les poules et les poulets, après ce carnage ils apaisèrent leur faim. L'un, qui était jeune et ardent, voulait tout dévorer; l'autre qui était vieux et avare, voulait garder

quelque provision pour l'avenir. Le
vieux disait : Mon enfant, l'expérience
m'a rendu sage. J'ai vu bien des choses
depuis que je suis au monde. Ne man-
geons pas tout notre bien en un seul
jour : nous avons fait fortune; c'est
un trésor que nous avons trouvé; il
faut le ménager. Le jeune répondait :
Je veux tout manger pendant que j'y
suis, et me rassasier pour huit jours :
car, pour ce qui est de revenir ici,
chansons! il n'y fera pas bon demain :
le maître, pour venger la mort de ses
poules, nous assommerait. Après cette
conversation, chacun prend son parti.
Le jeune mange tant qu'il se crève, et
peut à peine aller mourir dans son toit.

rier. Le vieux, qui se croit bien plus
sage de modérer ses appétits, et de vivre d'économie, veut le lendemain retourner à sa proie, et est assommé par
le maître. Ainsi chaque âge a ses défauts. Les jeunes gens sont fougueux
et insatiables dans leurs plaisirs. Les
vieux sont incorrigibles dans leur ava-
rice.   F.

III.

L'ABEILLE ET LA MOUCHE.

Un jour une abeille aperçut une
mouche auprès de sa ruche. Que
viens-tu faire ici, lui dit-elle d'un ton
furieux? Vraiment, c'est bien à toi, vil

animal, à te mêler avec les reines de
l'air. Tu as raison, répondit froidément
la mouche; on a toujours tort de s'approcher d'une nation aussi fougueuse
que la vôtre. Rien n'est plus sage que
nous, dit l'abeille, nous seules avons
des lois et une république bien poli-
cée : nous ne broutons que des fleurs
odoriférantes ; nous ne faisons que du
miel délicieux, qui égale le nectar. Ote
toi de ma présence, vilaine mouche
importune, qui ne fait que bourdon-
ner et chercher ta vie sur les ordures.
— Nous vivons comme nous pouvons,
répond la mouche : la pauvreté n'est
pas un vice; mais la colère en est un
grand. Vous faites du miel qui est

doux, mais votre cœur est toujours amer; vous êtes sages dans vos lois, mais emportées dans votre conduite. Votre colère, qui pique vos ennemis, vous donne la mort; et votre folle cruauté vous fait plus de mal qu'à personne. Il vaut mieux avoir des qualités moins éclatantes, avec plus de modération.

F.

IV.

L'OURSE ET LE PETIT OURS, OU LA PATIENCE ET L'ÉDUCATION CORRIGENT BIEN DES DÉFAUTS.

Une ourse avait un petit ours qui venait de naître. Il était horriblement laid. On ne reconnaissait en lui aucune figure d'animal : c'était une masse informe et hideuse. L'ourse, toute honteuse d'avoir un tel fils, va trouver sa voisine, la corneille, qui faisait grand bruit par son caquet sur un arbre. Que ferai-je, lui dit-elle, ma bonne commère, de ce petit monstre? J'ai envie de l'étrangler. — Gardez-vous en bien, dit la causeuse : j'ai vu d'autres ourses dans le même embarras que vous. Allez; léchez doucement votre fils; il sera bientôt joli, mignon et propre à vous faire honneur. La mère crut facilement ce qu'on lui disait en faveur de son fils. Elle eut la patience de le lécher longtemps. Enfin il commença à être moins difforme, et elle alla rét

mercier la corneille en ces termes : Si
vous, n'eussiez modéré mon impatience, j'aurais cruellement désobéi mon
fils, qui fait maintenant tout le plaisir
de ma vie.

Oh! que l'impatience empêche de
biens et cause de maux!

V.

LES ABEILLES.

Un jeune prince, au retour des zéphirs, lorsque toute la nature se rani-
me, se promenait dans un jardin délicieux. Il entendit un grand bruit, et
aperçut une ruche d'abeilles. Il s'approche de ce spectacle, qui était nou-

veau pour lui; il vit avec étonnement l'ordre, le soin et le travail de cette petite république. Les cellules commençaient à se former et à prendre une figure régulière. Une partie des abeilles les remplissaient de leur doux nectar; les autres apportaient des fleurs qu'elles avaient choisies entre toutes les richesses du printemps. L'oisiveté et la paresse étaient bannies de ce petit état : tout y était en mouvement; mais sans confusion et sans trouble. Les plus considérables d'entre les abeilles conduisaient les autres, qui obéissaient sans murmure et sans jalousie contre celles qui étaient au-dessus d'elles. Pendant que la jeune prince admirait cet objet, qu'il ne connaissait pas encore, une abeille, que toutes les autres reconnaissaient pour leur reine, s'approche de lui, et lui dit : La vue de nos ouvrages et de notre conduite vous réjouit ; mais elle doit encore plus vous instruire. Nous ne souffrons point chez nous le désordre ni la licence : on n'est considérable parmi nous que par son travail, et par les talents qui peuvent être utiles à notre république. Le mérite est la seule voie qui élève aux premières places. Nous ne nous occupons nuit et jour qu'à des choses dont les hommes retirent toute l'utilité. Puissiez-vous être un jour comme nous, et mettre dans le

genre humain l'ordre que vous admi-
rez chez nous.

LE RATON ET COMPÈRE MINAGROBIS.

Un jeune rat qui n'avait pas
encore toutes ses dents, un raton
enfin dont l'expérience était comme
son âge, c'est-à-dire bien jeune,
étant sorti pour la première fois
de sa niche profonde, fit rencontre
d'un vieux chat rusé matois, qui déjà,
en maintes occasions avait fait ses
preuves contre la gent range-maille.
Le raton à l'aspect de ce personnage
au doux maintien, à la séduisante al-

lure, n'éprouve aucun soupçon : tout au contraire est attrayant dans cette agréable rencontre. Qui en effet se serait défié de notre vieux compère? la modestie, la douceur étaient peintes dans son maintien; à peine osait-il ouvrir l'œil, et quel regard bienveillant! vous l'eussiez pris pour un bon ermite. C'était du moins l'effet qu'il produisait sur notre raton novice. «Oh ! l'aimable animal, se dit-il, qu'il a l'air doux, qu'il a l'air bon! il faut absolument que je fasse sa connaissance; on m'a quelquefois vanté les douceurs de l'amitié, et je ne saurais mieux tomber, je crois, dans le choix d'un ami.» A ces mots, le jeune imprudent s'approche du vieux chats; mais notre hypocrite, au regard doucereux, prend aussitôt un air, un maintien nouveau; il se jette sur la pauvre raton, et n'en fait qu'un morceau.

« Gardez-vous, mes amis, de vous laisser séduire par les qualités extérieures. La malice et la cruauté se cachent trop souvent sous le manteau de la douceur et de l'innocence. Un véritable ami est, en effet, un trésor, mais il est bien difficile de le trouver. »

VII.

LE PÈRE ET LE FILS
ou la Moisson.

Les brillantes apparences sont souvent des mensonges.

Un riche cultivateur, plein de juge-
ment et de prévoyance, sentant le temps
de la moisson approcher, voulut visiter
avec son fils ses nombreux héritages;
mais les sillons ne lui présentaient que
bluets, pavots, et maintes autres fleurs
d'un aspect sans doute fort gracieux et
fort riant, mais peu ou presque point
d'épis dorés, et encore ceux qui appa-
raissaient étaient frêles et languissants.
Il gémissait donc des résultats de ses
longs et pénibles labeurs. Son fils, bien
jeune encore, d'expérience surtout, ne
voyait pas de même; il ne se sentait
pas d'aise de voir ce spectacle si nouveau, si gai, si varié. «Regardez, disait-il
à son père, ce bleu, ce jaune, ce rouge,

quel brillant mélange de couleurs. Ces champs, mon père, doivent vous ravir: notre jardin, avec ses fleurs si bien soignées, n'offre rien de si joli; oh! non, nous n'avons pas un parterre plus beau.» Vous pensez aujourd'hui, lui répondit l'homme des champs, comme on pense à votre âge; mais un jour vous changerez d'avis et vous sentirez combien nous est préjudiciable ce qui aujourd'hui vous est si agréable, et votre main, en arrachant promptement ces plantes inutiles, en fera bonne justice.

Retenez bien ceci, mon fils, gardez-vous de juger sur les apparences, car c'est juger bien peu solidement. L'ex-

térieur aussi prévient souvent en faveur des hommes; mais bien léger celui qui se prononce sur de simples de-
hors. Les qualités essentielles sont
celles de l'esprit et du cœur; c'est
d'après cela que vous pourrez juger et
vous prononcer.

VIII.

LE LIÈVRE QUI FAIT LE BRAVE.

Un lièvre honteux d'être poltron,
cherchait quelque occasion de s'aguer-
rir. Il allait quelquefois, par un trou
d'une haie, dans les choux du jardin
d'un paysan, pour s'accoutumer au
bruit du village. Souvent même il passait assez près de quelques mâtins, qui
se contentaient d'aboyer après lui. Au
retour de ces grandes expéditions, il
se croyait plus redoutable qu'Alcide
après tous ses travaux. On dit même

qu'il ne rentrait dans son gîte qu'avec
des feuilles de laurier, et faisait l'ova-
tion. Il vantait ses prouesses à ses com-
pères les lièvres voisins. Il représen-
tait les dangers qu'il avait courus, les
alarmes qu'il avait données aux ennemis, les ruses de guerre qu'il avait fai-
faites en expérimenté capitaine, et surtout son intrépidité héroïque. Chaque
matin il remerciait Mars et Bellone de
lui avoir donné des talents et un courage pour dompter toutes les nations
à longues oreilles. Jean lapin, discou-
rant un jour avec lui, lui dit d'un ton
moqueur : Mon ami, je voudrais te
voir avec cette belle fierté au milieu
d'une meute de chiens courants. Hercule fuirait bien vite, et ferait une
laide contenance. — Moi, répondit notre preux chevalier, je ne reculerais
pas, quand toute la gent chienne vien-
drait m'attaquer. A peine eut-il parlé,
qu'il entendit un petit tourne-broche
d'un fermier voisin, qui glapissait dans
les buissons assez loin de lui. Aussitôt

il tremble, il frissonne, il a la fièvre ;
ses yeux se troublent comme ceux de
Paris quand il vit Ménélas qui venait
ardemment contre lui. Il se précipite
d'un rocher escarpé, dans une profonde vallée, où il pensa se noyer dans
un ruisseau. Jean lapin, le voyant faire
le saut, s'écria de son terrier ; le voilà,
ce foudre de guerre ! le voilà, cet
Hercule qui doit purger la terre
de tous les monstres dont elle est
pleine !

IX.

LE HIBOU.

Un jeune hibou qui s'était vu dans
une fontaine, et qui se trouvait plus
beau, je ne dirai pas que le jour, car
il le trouvait fort désagréable, mais
que la nuit, qui avait de grands charmes pour lui, disait en lui même : J'ai
sacrifié aux Grâces : Vénus a mis sur
moi sa ceinture dans ma naissance ; les

tendres Amours, accompagnés des
Jeux et des Ris, voltigent autour de
moi pour me caresser! Il est temps
que le blond Hyménée me donne des
enfants gracieux comme moi! ils seront l'ornement des bocages et les délices de la nuit. Quel dommage que la
race des plus parfaits oiseaux se perdit! Heureuse l'épouse qui passera sa
vie à me voir! Dans cette pensée, il
envole la corneille demander de sa
part une petite aiglonne fille de l'aigle
roi des airs. La corneille avait peine à
se charger de cette ambassade : Je serai mal reçue, disait-elle, de proposer
un mariage si mal assorti. Quoi! l'aigle qui ose regarder fixement le soleil, se marierait avec vous qui ne sauriez seulement ouvrir les yeux tandis
qu'il est jour! c'est le moyen que les
deux époux ne soient jamais ensemble; l'un sortira le jour, et l'autre la
nuit. Le hibou, vain et amoureux de
lui-même, n'écouta rien. La corneille,
pour le contenter, alla enfin deman-

der l'aiglonne. On se moqua de sa folle demande. L'aigle lui répondit : Si le hibou veut être mon gendre, qu'il vienne après le lever du soleil me saluer au milieu de l'air. Le hibou présomptueux y voulut aller. Ses yeux furent d'abord éblouis. Il fut aveuglé par les rayons du soleil, et tomba du haut de l'air sur un rocher. Tous les oiseaux se jetèrent sur lui, et arrachèrent ses plumes. Il fut trop heureux de se cacher dans son trou, et d'épouser la chouette, qui fut une digne dame du lieu. Leur hymen fut célébré la nuit, et ils se trouvèrent l'un et l'autre très beaux et très-agréables. Il ne faut rien chercher au-dessus de soi, ni se flatter sur ses avantages.

X.

LE CHAT ET LES LAPINS.

Un chat, qui faisait le modeste, était entré dans une garenne peuplée de lapins. Aussitôt toute la république

alarmée ne songea qu'à s'enfoncer
dans ses trous. Comme le nouveau
venu était au guet auprès d'un terrier,
les députés de la nation lapine, qui
avaient vu ses terribles griffes, com-
parurent dans l'endroit le plus étroit
de l'entrée du terrier pour lui demander ce qu'il prétendait. Il protesta,
d'une voix douce, qu'il voulait seulement étudier les mœurs de la nation;
qu'en qualité de philosophe il allait
dans tous les pays pour s'informer des
coutumes de chaque espèces d'animaux. Les députés simples et crédu-
les, retournèrent dire à leurs frères
que cet étranger, si vénérable par son
maintien modeste et par sa majestu-
euse fourrure, était un philosophe sobre, désintéressé, pacifique, qui voulait seulement rechercher la sagesse de
pays en pays ; qu'il venait de beaucoup d'autres lieux où il avait vu de
grandes merveilles ; qu'il y aurait bien
du plaisir à l'entendre, et qu'il n'avait
garde de croquer les lapins, puisqu'il

croyait en bon bramin la métempsycose, et ne mangeait d'aucun aliment
qui eût eu vie. Ce beau discours tou-
cha l'assemblée. En vain un vieux lapin rusé, qui était le docteur de la
troupe, représenta combien ce grave
philosophe lui était suspect : malgré
lui on va saluer le bramin ; qui étran-
gla du premier salut sept ou huit de
ces pauvres gens. Les autres regagnent
leurs trous, bien effrayés et bien honteux de leur faute. Alors don Mitis re-
vint à l'entrée du terrier, protestant
d'un ton plein de cordialité, qu'il n'a-
vait fait ce meurtre que malgré lui,
pour son pressant besoin, que désor-
mais il verrait d'autres animaux, et ferait avec eux une alliance éternelle.
Aussitôt les lapins entrèrent en négo-
ciation avec lui, sans se mettre néan-
moins à la portée de ses griffes. La né-
gociation dure, on l'amuse. Cependant
un lapin des plus agiles sort par les
derrières du terrier, et va avertir un
berger voisin, qui aimait à prendre

dans un lacs de ces lapins nourris de
genièvre. Le berger, irrité contre ce
chat exterminateur d'un peuple si
utile, accourt au terrier avec un arc et
des flèches ; il aperçoit le chat qui n'é-
tait attentif qu'à sa proie : il le perce
d'une de ses flèches, et le chat expi-
rant dit ces dernières paroles : Quand
on a une fois trompé, on ne peut plus
être cru de personne : on est haï,
craint ; et on est enfin attrapé par ses
propres finesses.

LE PIGEON PUNI DE SON INQUIÉTUDE.

Deux pigeons vivaient ensemble
dans un colombier avec une paix profonde. Ils fendaient l'air de leurs ailes,
qui paraissaient immobiles par leur
rapidité. Ils se jouaient en volant l'un
auprès de l'autre, se fuyaient et se
poursuivaient tour-à-tour : puis ils allaient chercher du grain dans l'aire du
fermier ou dans les prairies voisines.

Aussitôt ils allaient se désaltérer dans l'onde pure d'un ruisseau qui coulait au travers de ces prés fleuris. De là ils revenaient voir leurs pénates dans le colombier blanchi et plein de petits trous : ils y passaient le temps dans une douce société avec leurs fidèles compagnes. Leurs cœurs étaient tendres; le plumage de leurs cous était changeant, et peint d'un plus grand nombre de couleurs que l'inconstante Iris. On entendait le doux murmure de ces doux pigeons, et leur vie était délicieuse. L'un d'eux se dégoûtant des plaisirs d'une vie paisible, se laissa séduire par une folle ambition, et livra son esprit aux projets de la politique. Le voilà qui abandonne son ancien ami; il part; il va du côté du Levant. Il passe au-dessus de la mer Méditerranée, et vogue avec ses ailes dans les airs, comme un navire avec ses voiles dans les ondes de Téthys. Il arriva à Alexandrie; de là il continue son chemin, traversant les terres jusqu'à Alep. En y arrivant, il salue les autres pigeons de la contrée qui servent de courriers réglés, et il envie leur bonheur. Aussitôt il se répand parmi eux un bruit, qu'il est venu un étranger de leur nation, qui a traversé des pays immenses. Il est mis au rang des courriers : il porte toutes les semaines des lettres d'un bacha attachées à son pied, et il fait vingt-huit lieues en moins d'une journée. Il est orgueilleux de porter les secrets de l'État, et il a pitié de son ancien compagnon, qui vit sans gloire dans les trous de son colombier. Mais un jour, comme il portait des lettres du bacha, soupçonné d'infidélité par le Grand-Seigneur, on voulut découvrir, par les lettres du bacha, s'il n'avait point quelque intelligence secrète avec les officiers du roi de Perse : une flèche tirée perce le pauvre pigeon, qui d'une aile traînante se soutient un peu, pendant que son sang coule. Enfin il tombe, et les ténèbres de la mort couvrent déjà ses yeux : pendant qu'on lui ôte ses lettres pour les lire, il expire plein de douleur, condamnant sa vaine ambition, et regrettant le doux repos de son colombier, où il pouvait vivre en sûreté avec son ami.

XII.

L'ASSEMBLÉE DES ANIMAUX POUR CHOISIR UN ROI.

Le lion étant mort, tous les animaux accoururent dans son antre pour consoler la lionne sa veuve, qui faisait retentir de ses cris les montagnes et les forêts. Après lui avoir fait leurs compliments, ils commencèrent l'élection d'un roi : la couronne du défunt était au milieu de l'assemblée. Le lionceau etait trop jeune et trop faible pour obtenir la royauté sur tant de fiers animaux. Laissez-moi croître, disait-il, je saurai bien régner et me faire craindre à mon tour. En attendant, je veux étudier l'histoire des belles actions de mon père, pour égaler un jour sa gloire. — Pour moi, dit le léopard, je prétends être couronné; car je ressemble plus au lion que tous les autres prétendants. — Et moi, dit l'ours, je soutiens qu'on m'avait fait une injustice quand on me préféra le lion ; je suis fort, courageux, carnassier tout autant que lui ; et j'ai un avantage singulier, qui est de grimper sur les arbres. — Je vous laisse à juger, messieurs, dit l'éléphant, si quelqu'un peut me disputer la gloire d'être le plus grand, le plus fort et le plus brave de tous les animaux. — Je suis le plus noble et le plus beau, dit le cheval. — Et moi le plus fin, dit le renard. — Et moi le plus léger à la course, dit le cerf. — Où trouverez-vous, dit le singe, un roi plus agréable et plus ingénieux que moi ? Je divertirai chaque jour mes sujets. Je ressemble même à l'homme, qui est le véritable roi de toute la nature. Le perroquet alors harangua ainsi : Puisque tu te vantes de ressembler à l'homme, je puis m'en vanter aussi. Tu ne lui ressembles que par ton laid visage et par quelques grimaces ridicules. Pour moi, je lui ressemble par la voix, qui est la marque de la raison et le plus bel ornement de l'homme. — Tais-toi, maudit causeur, lui répondit le singe; tu parles, mais non pas comme l'homme : tu dis toujours la même chose, sans entendre ce que tu dis. L'assemblée se moqua de ces deux mauvais copistes de l'homme, et on donna la couronne à l'éléphant, parce qu'il a la force et la sagesse, sans avoir ni la cruauté des bêtes furieuses, ni la sotte vanité de tant d'autres qui veulent toujours paraître ce qu'elles ne sont pas.

XIII.

LE SINGE.

Un vieux singe malin étant mort, son ombre descendit dans la sombre demeure de Pluton, où elle demanda à retourner parmi les vivants. Pluton voulait la renvoyer dans le corps d'un âne pesant et stupide, pour lui ôter sa souplesse, sa vivacité et sa malice. Mais elle fit tant de tours plaisants et badins, que l'inflexible roi des enfers ne put s'empêcher de rire, et lui laissa le choix d'une condition : elle demanda à entrer dans le corps du perroquet. Au moins, disait-elle, je conserverai par-là quelque ressemblance avec les hommes que j'ai si longtemps imités. Etant singe, je faisais des gestes comme eux ; et étant perroquet, je parlerai avec eux dans les plus agréables conversations. A peine l'âme du singe fut introduite dans ce nouveau métier, qu'une vieille femme causeuse l'acheta. Il fit ses délices ; elle le mit dans une belle cage. Il faisait bonne chère et discourait toute la journée avec la vieille radoteuse,

qui ne parlait pas plus sensément que lui.
Il joignait à son nouveau talent d'étourdir
tout le monde je ne sais quoi de son ancienne profession. Il remuait sa tête ridicu-
lement; il faisait craquer son bec; il agitait
ses ailes de cent façons, et faisait de ses
pattes plusieurs tours qui sentaient encore
les grimaces de Fagotin. La vieille prenait
à toute heure ses lunettes pour l'admirer.
Elle était bien fâchée d'être un peu sourde,
et de perdre quelquefois des paroles de son
perroquet, à qui elle trouvait plus d'esprit
qu'à personne. Ce perroquet gâté devint
bavard, importun et fou. Il se tourmenta si
fort dans sa cage, et but tant de vin avec la
vieille, qu'il en mourut. Le voilà revenu
devant Pluton, qui voulut cette fois le faire
passer dans le corps d'un poisson, pour le
rendre muet. Mais il fit encore une farce
devant le roi des ombres; et les princes ne

résistent guère aux demandes des mauvais
plaisants qui les flattent. Pluton accorda
donc à celui-ci qu'il irait dans le corps d'un
homme. Mais, comme le dieu eut honte de
l'envoyer dans le corps d'un homme sage et
vertueux, il le destina au corps d'un harangueur ennuyeux et importun, qui mentait,
qui se vantait sans cesse, qui faisait des
gestes ridicules, qui se moquait de tout le
monde, qui interrompait toutes les conversations les plus solides, pour dire des riens
ou les sottises les plus grossières. Mercure
qui le reconnut dans ce nouvel état, lui dit
en riant : Ho! ho! je te connais; tu n'es
qu'un composé du singe et du perroquet
que j'ai vus autrefois. Qui t'ôterait tes gestes et tes paroles apprises par cœur sans ju-
gement, ne laisserait rien de toi. D'un joli
singe et d'un bon perroquet, on n'en fait
qu'un sot homme. Oh! combien d'hommes

dans le monde, avec des gestes façonnés,
un petit caquet et un air capable, n'ont ni
sens ni conduite.

XIV.

LES ABEILLES ET LES VERS A SOIE.

Un jour les abeilles montèrent jusque
dans l'Olympe au pied du trône de Jupiter,
pour le prier d'avoir égard au soin qu'elles
avaient pris de son enfance, quand elles le
nourrirent de leur miel sur le mont Ida.
Jupiter voulut leur accorder les premiers
honneurs entre tous les petits animaux.
Minerve, qui préside aux arts, lui représenta qu'il y avait une autre espèce qui dis-
putait aux abeilles la gloire des inventions
utiles: Jupiter voulut savoir le nom. Ce sont
les vers à soie, répondit-elle. Aussitôt le
père des dieux ordonna à Mercure de faire
venir sur les ailes des doux zéphirs des dé-

putés de ce petit peuple, afin qu'on pût entendre les raisons des deux partis. L'abeille, ambassadrice de sa nation, représenta la douceur du miel qui est le nectar des hommes, son utilité, l'artifice avec lequel il est composé ; puis elle vanta la sagesse des lois qui policent la république volante des abeilles. Nulle autre espèce d'animaux, disait l'orateur, n'a cette gloire, et c'est une récompense d'avoir nourri dans un antre le père des dieux. De plus, nous avons en partage la valeur guerrière, quand notre roi anime nos troupes dans les combats. Comment est-ce que ces vers, insectes vils et méprisables, oseraient nous disputer le premier rang ? Ils ne savent que ramper, pendant que nous prenons un noble essor, et que par nos ailes dorées nous montons jusque vers les astres. Le harangueur des vers à soie répondit : Nous ne sommes que

de petits vers, et nous n'avons ni ce grand
courage pour la guerre, ni ces sages lois ;
mais chacun de nous montre les merveilles
de la nature, et se consume dans un travail
utile. Sans lois, nous vivons en paix, et on
ne voit jamais de guerres civiles chez nous,
pendant que les abeilles s'entre-tuent à
chaque changement de roi. Nous avons la
vertu de Protée pour changer de forme.
Tantôt nous sommes de petits vers, com-
posés d'onze petits anneaux entrelacés avec
la variété des plus vives couleurs qu'on ad-
mire dans les fleurs d'un parterre. Ensuite
nous filons de quoi vêtir les hommes les
plus magnifiques jusque sur le trône, et de
quoi orner les temples des dieux. Cette parure si belle et si durable vaut bien du
miel, qui se corrompt bientôt. Enfin nous
nous transformons en fève, mais en fève qui
sent, qui se meut, et qui montre toujours

de la vie. Après ces prodiges, nous deve-
nons tout à coup des papillons avec l'éclat
des plus riches couleurs. C'est alors que
nous ne cédons plus aux abeilles pour nous
élever d'un vol hardi jusque vers l'Olympe.
Jugez maintenant, ô père des dieux. Jupiter,
embarrassé pour la décision, déclara enfin
que les abeilles tiendraient le premier rang,
à cause des droits qu'elles avaient acquis
depuis les anciens temps. Quel moyen, dit-
il, de les dégrader ? Je leur ai trop d'obligation ; mais je crois que les hommes doivent encore plus aux vers à soie.

XV.

LES DEUX LIONCEAUX.

Deux lionceaux avaient été nourris ensemble dans la même forêt; ils étaient de même âge, de même taille, de mêmes forces. L'un fut pris dans de grands filets à une chasse du grand Mogol; l'autre demeura dans des montagnes escarpées. Celui qu'on avait pris fut mené à la cour, où il vivait dans les délices. On lui donnait chaque jour une gazelle à manger; il n'avait qu'à dormir dans une loge, où on avait soin de le faire coucher mollement. Un eunuque blanc avait soin de peigner deux fois le jour sa longue crinière dorée. Comme il était apprivoisé, le roi même le caressait souvent. Il était gras, poli, de bonne mine et magnifique; car il portait un collier d'or, et on lui mettait aux oreilles des pendants garnis de perles et de diamants. Il méprisait tous les autres lions qui étaient dans des loges voisines, moins belles que la sienne, et qui n'étaient pas en faveur comme lui. Ces prospérités lui enflèrent le cœur; il crut être un grand personnage, puisqu'on le traitait si honorablement. La cour où il brillait lui donna le goût de l'ambition : il s'imaginait qu'il aurait été un héros, s'il eût habité les forêts. Un jour, comme on ne l'attachait plus à sa chaîne, il s'enfuit du palais, et retourna dans le pays où il avait été nourri. Alors le roi de toute la nation lionne venait de mourir, et on avait assemblé les états pour lui choisir un successeur. Parmi beaucoup de prétendants, il y en avait un qui effaçait tous les autres par sa fierté et par son audace, c'était cet autre lionceau, qui n'avait point quitté les déserts. Pendant que son compagnon avait fait fortune à la cour, le solitaire avait souvent aiguisé son courage par une cruelle faim ; il était accoutumé à ne se nourrir qu'au travers des plus grands périls, et par des carnages. Il déchirait et troupeaux et bergers, il était maigre, hérissé, hideux; le feu et le sang sortaient de ses yeux. Il était léger, nerveux, accoutumé à grimper et à s'élancer, intrépide contre les épieux et les dards. Les deux anciens compagnons demandèrent le combat pour décider qui régnerait; mais une vieille lionne, sage et expérimentée, dont toute la république respectait les conseils, fut d'avis de mettre d'abord sur le trône

celui qui avait étudié la politique à la cour.
Bien des gens murmuraient, disant qu'elle
voulait qu'on préférât un personnage vain
et voluptueux, à un guerrier qui avait appris dans la fatigue et dans les périls à soutenir les grandes affaires. Cependant l'autorité de la vieille lionne prévalut; on mit
sur le trône le lion de cour. D'abord il s'a-
mollit dans les plaisirs; il n'aima que le
faste; il usait de la souplesse et de ruse pour
cacher sa cruauté et sa tyrannie. Bientôt il
fut haï, méprisé, détesté. Alors la vieille
lionne dit: Il est temps de le détrôner. Je
savais bien qu'il était indigne d'être roi;
mais je voulais que vous en eussiez un gâté
par la mollesse et par la politique, pour vous
mieux faire sentir ensuite le prix d'un au
tre qui a mérité la royauté par sa patience
et par sa valeur. C'est maintenant qu'il faut
les faire combattre l'un contre l'autre. Aussitôt on les mit dans un champ clos, où les
deux champions servirent de spectacle à
l'assemblée : mais le spectacle ne fut pas
long. Le lion amolli tremblait, et n'osait se
présenter à l'autre : il fuit honteusement et
se cache; l'autre le poursuit et l'insulte.
Tous s'écrièrent: Il faut l'égorger et le mettre en pièces. — Non, non, répondit-il;

quand on a un ennemi si lâche, il y aurait
de la lâcheté à le craindre. Je veux qu'il
vive ; il ne mérite pas de mourir. Je saurai
bien régner, sans m'embarrasser de le tenir
soumis. En effet, le vigoureux lion régna
avec sagesse et autorité. L'autre fut très-
content de lui faire bassement sa cour, d'obtenir de lui quelques morceaux de chair et
de passer sa vie dans une oisiveté honteuse.

XVI.

LE RENARD PUNI DE SA CURIOSITÉ.

Un renard des montagnes d'Aragon,
ayant vieilli dans la finesse, voulut donner
ses derniers jours à la curiosité. Il prit le
dessein d'aller voir en Castille le fameux
Escurial, qui est le palais des rois d'Espa-
gne, bâti par Philippe II. En arrivant il fut
surpris, car il était peu accoutumé à la ma-
gnificence : jusqu'alors il n'avait vu que son
terrier et le poulailler d'un fermier voisin,
où il était d'ordinaire assez mal reçu. Il voit
là des colonnes de marbre, là des portes
d'or, des bas-reliefs de diamant. Il entra

dans plusieurs chambres dont les tapisseries étaient admirables : on y voyait des chasses, des combats, des fables où les dieux se jouaient parmi les hommes; enfin l'histoire de don Quichotte, où Sancho, monté sur son grison, allait gouverner l'île que le duc lui avait confiée. Puis il aperçut des cages où l'on avait renfermé des lions et des léopards. Pendant que le renard regardait ces merveilles, deux chiens du palais l'étranglèrent. Il se trouva mal de sa curiosité.

XVII.

LE DRAGON ET LES RENARDS.

Un dragon gardait un trésor dans une profonde caverne : il veillait jour et nuit pour le conserver. Deux renards, grands fourbes et grands voleurs de leur métier, s'insinuèrent auprès de lui par leurs flatteries. Ils devinrent ses confidents : les gens les plus complaisants et les plus empressés ne sont pas les plus sûrs. Ils le traitaient de grand personnage, admiraient toutes ses fantaisies, étaient toujours de son avis, et se moquaient entre eux de leur dupe. Enfin il s'endormit un jour au milieu d'eux. Ils l'étranglèrent et s'emparèrent du trésor. Il fallut le partager entre eux : c'était une affaire bien difficile; car deux scélérats ne s'accordent que pour faire le mal. L'un d'eux se mit à moraliser : A quoi, disait il, nous servira tout cet argent? Un peu de chasse nous vaudrait mieux : on ne mange point du métal : les pistoles sont de mauvaise digestion. Les hommes sont des fous d'aimer tant ces fausses richesses. Ne soyons pas aussi intéressés qu'eux. L'autre fit semblant d'être touché de ces réflexions, et assura qu'il voulait vivre en philosophe comme Bias, portant tout son bien sur lui. Chacun fit semblant de quitter le trésor : mais ils se dressèrent des embûches, et s'entre-déchirèrent. L'un d'eux, en mourant, dit à l'autre, qui était aussi blessé que lui : Que voulais-tu faire de cet argent? — La chose que tu voulais en faire, répondit l'autre. Un homme, passant, apprit leur aventure, et les trouva bien fous. Vous ne l'êtes pas moins que nous, lui dit un des renards. Vous ne sauriez, non plus que nous, vous nourrir d'argent, et vous vous

tuez pour en avoir. Du moins notre race
jusqu'ici a été assez sage pour ne mettre en
usage aucune monnaie. Ce que vous avez
introduit chez vous pour la commodité
fait votre malheur. Vous perdez les vrais
biens pour chercher les biens imaginaires.

XVIII.

LES DEUX SOURIS,

Une souris ennuyée de vivre dans les périls et dans les alarmes, à cause de Mitis et
de Rodilardus, qui faisaient grand carnage
de la nation souriquoise, appela sa commère
qui était dans un trou de son voisinage. Il
m'est venu, lui dit-elle, une bonne pensée.
J'ai lu dans certains livres que je rongeais
ces jours passés, qu'il y a un beau pays,
nommé les Indes, où notre peuple est
mieux traité et plus en sûreté qu'ici. En ce
pays-là les sages croient que l'âme d'une
souris a été autrefois l'âme d'un grand capitaine, d'un roi, d'un merveilleux fakir, et
qu'elle pourra, après la mort de la souris,
entrer dans le corps de quelque belle dame

ou de quelque grand Pandiar. Si je m'en souviens bien, cela s'appelle métempsycose. Dans cette opinion, ils traitent tous les animaux avec une charité fraternelle : on voit des hôpitaux de souris, qu'on met en pension et qu'on nourrit comme personnes importantes. Allons, ma sœur, partons pour un si beau pays; où la police est si bonne et où l'on fait justice à notre mérite. La commère lui répondit : Mais ma sœur, n'y a-t-il pas des chats qui entrent dans ces hôpitaux! Si cela était, ils feraient en peu de temps bien des métempsycoses : un coup de dent ou de griffe ferait un roi ou un fakir; merveille dont nous nous passerions très-bien. — Ne craignez point cela, dit la première : l'ordre est parfait dans ce pays-là : les chats ont leurs maisons comme nous les nôtres, et ils ont aussi leurs hôpitaux d'invalides, qui sont à part. Sur cette conversation, nos deux souris partent ensemble : elles s'embarquent dans un vaisseau qui allait faire un voyage de long cours, en se coulant le long des cordages le soir de la veille de l'embarquement. On part : elles sont ravies de se voir sur la mer; loin des terres maudites où les chats exerçaient leur tyrannie. La navigation fut heureuse : elles arrivèrent à Surate, non pour amasser des richesses comme les marchands; mais pour se faire bien traiter par les Indous. A peine furent-elles entrées dans une maison destinée aux souris, qu'elles y prétendirent les premières places. L'une prétendait se souvenir d'avoir été autrefois un fameux bramin sur la côte de Malabar, l'autre protestait qu'elle avait été une belle dame du même pays avec de longues oreilles. Elles firent tant les insolentes, que les souris indiennes ne purent les souffrir. Voilà une guerre civile. On donna sans quartier sur ces deux Franguis, qui voulaient faire la loi aux autres. Au lieu d'être mangées par les chats, elles furent étranglées par leurs propres sœurs. On a beau aller loin pour éviter le péril, si on n'est modeste et sensé, on va chercher son malheur bien loin : autant vaudrait-il le trouver chez soi.

XIX.

LA FLEUR ET LE FRUIT.

Dans un beau et vaste jardin émaillé de fleurs et riche d'arbres fruitiers, une fleur des plus belles vantait ses charmes, louait son parfum et regardait d'un air de mépris une pomme encore verte qui pendait à la branche d'un arbuste son voisin. Le fruit piqué de cet air méprisant de la belle orgueilleuse, l'apostropha en ces termes :

Ton règne est brillant, je l'avoue ; mais il n'est que de quelques jours. Tes vives couleurs vont disparaître bientôt ; encore quelques rayons de soleil il ne te restera que la pâleur, avant-coureur de la mort, tandis que moi, j'embelliral la table des grands du monde.

L'oracle ne tarda pas à s'accomplir ; dans la même journée, la pauvre fleur penchait sa

tête naguère si superbe et que tout venant
admirait, tandis que bien longtemps encore,
même à l'époque des frimats, le fruit charmait les yeux, le goût et l'odeur des con-
vives de maints festins.

Cette fable est d'un excellent conseil et il
faut le suivre : *C'est que l'agréable doit toujours céder à l'utile.*

XX.

LE LIÈVRE ET LE MOINEAU.

Dans la saison où la terre est privée de sa
riche et abondante parure, dans la saison
enfin où le gibier ne trouve plus d'asile caché, un lièvre imprévoyant s'était endormi.
Un Pierrot guetteur et tringlant l'éveille et
lui dit : Mon ami, je suis surpris de ton in-
souciance ; ce ne doit pas être ton caractère,
imprudent que tu es, je viens t'en sauver
d'une belle. J'aperçois des chasseurs qui ro

dent et furetent dans le voisinage. C'est à toi qu'ils en veulent sans doute, fuis donc bien vite, gagne la montagne, enfonce-toi dans la forêt, et ne reparais dans ces lieux qu'au temps où les foins et les herbes couvriront les campagnes.

Un semblable conseil était sans doute très-louable et prouvait le bon cœur de notre oiseau; mais tel donne à son voisin des avis salutaires, qui fort souvent ne s'occupe guère de ses affaires. En effet notre moineau ne voyait pas un marmouset échappé du collége, qui embusqué derrière un buisson passait son temps de vacance à faire une guerre implacable aux petits oiseaux. Notre rusé écolier s'avance à pas de loup vers le charitable donneur d'avis; il le mire avec adresse; le coup part et l'oisillon tombe mort à l'instant.

XXI.

L'ENFANT ET L'OUVRIER.

Un bon cœur est un bienfait du ciel.

Donner beaucoup et donner souvent est toujours un bien. Donner peu et donner jamais est toujours un mal.

On était en hiver. Le givre, la neige entouraient de leur livide parure les branches des arbres ; la nature était en deuil. Sur les dalles glacées d'un somptueux hôtel gissait au milieu de quelques passants attirés par la curiosité, un homme jeune encore, mais dont les traits flétris ou par la douleur ou par le besoin, attestaient la cruelle situation. «C'est un ivrogne, dit l'un des curieux, tous ces ouvriers ne sont bons qu'à dépenser leur argent au cabaret. C'est un débauché, un joueur, qui a perdu tout ce qu'il avait, dit un second. C'est un paresseux, reprend un troisième, qui n'a pas le courage ni la force de vouloir travailler. C'est peut-être un malfaiteur, un vaurien, ajoute un quatrième : et ainsi des autres. » Au milieu de tous ces discoureurs, pas un seul ne songeait à secourir l'homme souffrant. Quand survient un jeune enfant, accompagné de sa bonne : c'est Ernest le fils du propriétaire de l'hôtel dont nous venons de parler. Il demande à la jeune fille qui l'accompagne deux pièces d'argent destinées à quelques achats de fantaisie ; il les présente à l'homme malheureux. Celui-ci se jette sur ce don inattendu, baise avec transport, en l'inondant de larmes, la main de son jeune bienfaiteur, et s'échappe rapidement du milieu de la foule, pour se précipiter dans la boutique d'un boulanger.

Cet homme était un honnête artisan. Sans travail depuis plusieurs semaines, ses petites économies étaient épuisées. Soutien unique d'une mère infirme, d'une sœur encore enfant, il errait depuis plus de 24 heures, pensant trouver de l'ouvrage quelque part, afin de soutenir sa famille ; mais la saison était mauvaise ; partout ses démarches ses sollicitations avaient été rejetées ; il ne pouvait se décider à demander l'aumône. C'est alors que désespéré, épuisé de fatigue, accablé de douleur, il était tombé sur le pavé de la rue.

La charité du jeune Ernest donna à l'ouvrier le temps et le moyen de trouver, quelques jours plus tard, de l'ouvrage. Sans le bon cœur de l'enfant, que serait devenu cet infortuné, que serait devenue sa vieille mère, que serait devenue sa jeune sœur ?

Ah ! donnons, donnons toujours ; le bon grain produit toujours quelque fruit.

XXII.

L'AIGLE ET LE CERF-VOLANT.

Un cerf-volant, brillant et précieux cadeau fait à un jeune écolier docile et studieux, voulait passer dans l'air pour un oiseau de grande importance. Couvert de dorures, brillant d'éclatantes couleurs, décoré de banderoles, enfin plus gonflé encore d'impertinence que de vent, allait, volait, faisait flotter sa queue jusque sur le bec de l'oiseau de Jupiter. L'aigle rit dans sa barbe et lui dit : A ton allure assez leste, jeune étranger, je t'aurais cru né dans ces lieux ; mais ce ton insolent, cette jactance, cette effronterie même, démentent une noble origine ; malgré tes grands airs, je découvre la vérité ; tu n'es qu'un parvenu.

XXII.

L'ENSEIGNE ET LE CABARETIER.

L'homme sage et prudent, en toute occasion, doit avoir pour règle de conduite de ne point faire trop de promesses, car on doit tenir ce qu'on a promis.

A la porte du cabaretier Martin, pendait une éblouissante enseigne annonçant à tout passant : *Ici on trouve bon lit, bonne table et bon vin.* Tout le monde, gens de ville comme gens de campagne, à cet appel séduisant, accouraient chez Mons Martin. Mais l'affluence ne tarda pas à diminuer, car les lits étaient mauvais, les mets mal préparés, le vin frelaté. Le calme de la décadence régna bien vite dans ce logis de véritable hâbleur. Martin, en voyant déserter la pratique, entra dans un courroux effrayant ; femme, fille, valet, tout le monde s'en ressentait.

L'enseigne à son tour eut son paquet. Est-ce donc pour la rue, est-ce donc pour servir de jouet aux vents que je t'ai placée au plus bel endroit de la façade de mon habitation ; réponds maudite enseigne. C'est à tort, répondit celle-ci, que vous m'injuriez ; n'est-ce pas moi, qui, par mon langage entraînant, ai d'abord rempli de gens de toute condition les salles de votre hôtellerie. Si vous ne les avez pu retenir, c'est vous seul qui en êtes la cause. Ainsi, avant de crier contre le tiers et le quart, voyez, Martin, en vous même et taisez vous.

XXIV.

L'ANON.

Comme le printemps avec ses guirlandes de fleurs, son ciel d'azur, son air embaumé, tout est joli dans la riante jeunesse. Un ânon qui n'avait encore vu que l'aubépine en fleurs et qui ignorait qu'il y eut des frimats, un ânon, dis-je, tout jeune, déployait dans la prairie sa vive gentillesse. Il était plein d'espièglerie ; pour l'approcher venait-on doucement, le nez sur l'herbe tendre, il vous laissait arriver, feignant de brouter la fleur du serpolet, et zeste le malin partait en gambadant. Voyait-il un cheval, il allait à sa rencontre, le saluait des deux pieds de derrière, même parfois avec trop de politesse ; bref c'était un charmant, un admirable enfant. Sa mère en était folle, et il faut le dire, malgré cet amour propre de presque toutes les ânesses, elle croyait avoir fait mieux qu'elle. Mon fils, disait-elle, est un véritable cheval, il est encore mieux que cela ; que le ciel le protège et dans quelques années on verra. Les ânons d'alentour, gens fort galants, comme on sait, renchérissaient même sur la mère, s'il est possible.

L'ânon selon eux, avait l'air le plus vif, le le plus spirituel ; c'était enfin un zéphir, un amour, un prodige.

Mères sur vos enfants pourquoi tant parler. Pourquoi tant vous répandre en louanges. Vos enfants, vous le dites, et on le répète après vous, seront des merveilles. Croyez-moi, l'ânon est leur portrait. Le zéphir devient un lourdeau, l'amour voit croître de longues oreilles, et le prodige finit par n'être qu'un baudet.

XXV.

LA FOURMI ET L'ABEILLE.

Une abeille posée sur la corolle d'une fleur voyait un matin une fourmi regagner sa cellule, le dos courbé sous le poid d'un lourd fardeau, dont elle allait grossir son magasin. Quelle infamie, lui dit la première, quoi vous n'amassez donc, vous n'amassez sans cesse que pour enfouir, votre joie n'est donc que d'accumuler ; en vérité, ma chère, on vous méprise, mais ce n'est pas assez, on devrait vous haïr. La fourmi surprise de cette apostrophe, ne se déconcerte pas cependant et lui dit : Je vis en bonne ménagère, et de quel droit venez-vous vous mêler de mes affaires ; fais-je tort à quelqu'un en

vivant avec économie et en me précaution
nant pour l'avenir? Il est vrai, reprit l'a-
beille, vous ne prenez rien à personne en
particulier, mais vous volez la société entière, en resserrant, en accaparant au fond
de votre manoir les biens qui doivent cir-
culer.

Triste et déplorable passion que celle de
ces gens dont l'avidité est insatiable. En vain
l'avare voudra se targuer des titres d'honnête
homme : car il vole la société.

XXVI.

BLAISE ET AZOR.

Le berger Blaise avait une confiance entière en son chien, gardien de son troupeau,
mais bien grande était son erreur. Azor, le
chien en question, servait d'une bien singu-
lière manière les biens de son maître.

Chaque jour le pauvre berger trouvait un
mécompte dans le nombre de ses brebis.
Cependant, disait Blaise, Azor n'a pas cessé
de faire sentinelle; allons, épions notre lar-
ron. Le soir même, le pasteur se place dans
un lieu propice et feint de se laisser aller au
sommeil. C'est alors qu'il voit son traître
gardien, son perfide chien, qui entraîne
vers la forêt un mouton. Il accourt, il se

précipité pour sauver la victime; mais il
était trop tard. Je vous laisse à juger de la
fureur de notre berger, il veut tuer sur le
coup son odieux serviteur. Azor implore
son pardon. Quoi, dit ce dernier, vous vou-
driez, moi, votre dévoué valet, me faire pé-
rir de votre main; pardonnez une pécadille
et réservez votre courroux pour le loup, notre féroce ennemi. Il est féroce, il est vrai,
mais au moins il n'est pas traître, répond
Blaise en l'assommant; meurs, animal lâche,
animal méchant, j'ai appris à te connaître.

On peut éviter la fureur d'un ennemi dé-
claré, ou on peut la braver; mais il est bien
difficile de se soustraire aux coups que vous
porte un perfide ami.

XXVII.

LE PÊCHER ET LE MURIER.

Un pêcher, l'orgueil et l'espoir de son
maître, du jardin enfin l'arbre de prédilec-
tion, s'applaudissait déjà d'orner son front
de nombreuses guirlandes de fleurs, quand
le soleil par ses premiers rayons bienfaisants
éveillait la nature. A ses côtés se tenait im-

mobile et sec, un mûrier qui semblait encore être engourdi par les frimats. Dis donc, ami, lui dit le pêcher, pourquoi cet engourdissement, cette tenue de deuil, quand les doux rayons du soleil raniment tout l'univers. Philomèle fait déjà entendre son gazouillement, l'aurore, tous les matins, nous montre sa couche de roses, qu'elle ne quitte qu'en arrosant la terre de ses douces larmes, tout enfin dans la nature est en mouvement; cependant tu dors et la paresse ne cède à rien; pourquoi ne pas m'imiter, pourquoi ne pas revêtir la parure de jeunesse, la parure de fêtes, regarde-moi, ne te fais-je pas envie? Tout le monde me visite, tout le monde me sourit, et mon maître se trouve récompensé de ses soins par la brillante espérance que je lui donne. Le présomptueux arbuste achevait à peine ses paroles que le vent du sud s'enfuit devant le souffle violent du septentrion. Hélas! la nuit arrive, les fleurs sont dévorées par la cruelle et froide température, et à peine pendant les beaux jours, l'arbre infortuné peut-il montrer quelques feuilles pour signe de son existence.

Eh bien! dit le mûrier, avais-je donc grand tort de rester enseveli dans ma cellule; je ne me laisse pas tenter par les premières avances du zéphir, je me méfie du retour des autans.

Le grande sagesse est de savoir tout faire
à temps utile, car l'impatience gâte tout.

XXVIII.

LE JARDINIER ET LES PLANTES.

Autrefois, et c'est bien dommage qu'il
n'en soit plus de même aujourd'hui, les
plantes parlaient, et je vous laisse à penser
combien ce langage, qui était compris par
les humains, était chose agréable pour les
jardiniers. Les jardinières, sans doute, devaient surtout passer de belles et bonnes
heures, soit auprès d'un buisson, soit auprès
d'une tige de fleurs ; mais le ménage ne devait guère en aller mieux.

Un certain villageois, véritable homme
des champs, dans ces temps de prodiges, cultivait avec soin quelques arpents de terre,
héritage de ses aïeux ; quand un certain
jour ses voisins touchés des lamentations
d'un grand nombre d'arbustes et de plantes,
qui se plaignaient à qui mieux mieux des
soins importuns de leur maître, vinrent
troubler par leur bénévoles observations le
repos et les douceurs de notre amateur des

jardins. Le cerfeuil, lui disait-on, se plaignait d'être mouillé toutes les fois que l'arrosoir promenait sa tête humide sur lui. Le melon se désespérait d'être emprisonné entre quatre verres. Enfin la rébellion était dans les parterres et dans les plattes-bandes. Laissez moi, disait la rose, je ne veux point tous les soirs être arrosée; et moi de même, répétait le persil. Je ne veux plus qu'on me dépouille de mes riches rameaux, ajoutait la vigne, ce sont mes enfants et j'y tiens, et moi également, reprenait le noyer. Je tiens à mes branches, et je veux les conserver toutes! Soit, répondit le jardinier en courroux, vous le voulez, j'aurai moins de soin, j'aurai moins d'ouvrage; il les abandonna. En sa place, j'aurais été plus sage, plus ferme; car cette faiblesse amena la mort de tous nos révoltés.

Méfiez-vous, enfants, des gens, vos voisins qui approuvent tout. Ne souhaitez pas que Dieu vous ait donné des parents trop faibles; rien n'est plus dangereux que la fausse pitié. L'ami vrai, l'ami qui sait bien remplir les belles obligations que ce beau nom impose, est celui qui ne sait pas faiblir en difficile circonstance; car l'amitié ferme est la véritable amitié.

XXIX.

JUPITER ET LA BREBIS.

En butte à la méchanceté des autres animaux, toujours exposée à leurs ruses, à leur perfidie et aussi à leur cruauté, la brebis avec sa douce contenance vint se présenter à Jupiter, le suppliant de prendre en considération une situation si malheureuse. Le maître des dieux fut sensible aux justes et attendrissantes doléances de la pauvre bête. Quelles défenses veux-tu, lui dit Jupiter; veux-tu que j'arme ta mâchoire de dents terribles, les pattes de griffes déchirantes? veux-tu que la morsure soit envenimée d'un noir et mortel poison, ou que je garnisse ton front de cornes redoutables, plus redoutables même que celles de ton compère le bouc? car pour te défendre contre les ennemis, il faut être en état de nuire par toi-même. Ah! grand Dieu, répondit la bête moutonnière en soupirant : Je n'implorerai plus la suprême puissance; je ne veux rien de commun avec les animaux qui vivent de carnage, de rapine et de perfidie. Laisse-moi mon état présent; avec ma faiblesse au moins je conserve mon innocence. J'aime bien mieux, quels que soient les dangers qui sans cesse me menacent, souffrir le mal que de le faire.

XXX.

L'HOMME ET L'ORGUEIL.

Vous avez sans doute vu, car le fait se renouvelle souvent, un jeune marmouset pleurer, se désoler, parce qu'il se trouve petit. Pour le consoler l'élève-t-on sur une table, l'enfant se trouve grand. Combien d'hommes, par le temps qui court, ressemblent à cet enfant; pour eux la table du nain, ce sont les dignités, les places, les rubans, le luxe, la splendeur, et bien mieux encore les écus! Ce sont les hautes échasses, qu'il prend pour la propre et véritable grandeur.

XXXI.

L'ANE GOURMAND.

La parcimonie et la lésinerie sont d'ignobles défauts, sans doute, mais la prodigalité et l'imprévoyance ont aussi des conséquences bien funestes.

Un campagnard s'en allant à la foire, laissa pour six jours son jeune grison au milieu d'un pré riche en chardons, mets fort à l'appétit de notre baudet. Ce maître, cependant homme d'une grande prudence, avait attaché solidement notre quadrupède, qui avait à paître, à brouter, tout l'espace qui pourrait embrasser la longueur du licou. La pâture était abondante et fort au goût de notre ânon, aussi, s'en donnat-il plus que son soûl, tellement bien et si bien qu'à la fin du premier jour il avait fait place nette. Le lendemain de cette bonne aubaine arrive, qui fut Penaud? c'est notre baudet, qui ne voit autour de lui que le dégât de la veille, et comment aller plus loin se repaître; une maudite corde le retient attaché au poteau. Jeûner cinq grands jours, c'est bien long, et comment faire pour attendre dans cet état complet d'abstinence le retour de son maître. Le pauvre âne se rappellait que sa part avait été faite pour toute la semaine. Les cinq jours arrivent à leur terme, le maître revient, mais il ne trouve que le cadavre du glouton.

Imprévoyants et dissipateurs, c'est à vous que cette fable s'adresse.

XXXII.

LA CONSOLATION.

Dans ce monde, il n'y a guère de malheureux qui ne trouve plus malheureux que soi.

Un pauvre diable, réduit au désespoir, couvert de haillons, les pieds nus, était étendu sur le bord d'un chemin, dans l'impossibilité de continuer sa route, faute de chaussure : *Paul en voir*, s'écriait-il, *un sort plus cruel que le mien !* Dans ce moment, il aperçoit une espèce d'homme, hors d'haleine, au milieu du chemin ; je dis *une espèce*, car cet individu était un cul-de-jatte, qui s'adresse à notre déchaussé en ces termes : *Ami, ne crie pas si fort ;* tu es malheureux, c'est possible, mais il y a bien des gens plus à plaindre que toi. Tu n'as pas de souliers, c'est vrai, mais moi je n'ai pas de jambes.

XXXIII.

L'HOMME ET LES PENDULES.

Un faiseur de projets s'était imaginé, après avoir mûrement réfléchi, que s'il pouvait réunir dans son appartement (et la chose était faisable) un grand nombre de pendules, il saurait plus exactement et mieux que qui que ce soit, l'heure du jour à la minute près, et il tenait à cette rigoureuse ponctualité. Bientôt son projet est mis à exécution et sa chambre est garule de pendules de toutes espèces. Il n'a que le temps pendant tout le jour de vérifier à droite, à gauche, au milieu, la marche de ses pendules qui ne peuvent, malgré ses soins, aller ensemble; tantôt l'une avance, tantôt l'autre retarde; quand celle-ci sonne midi, celle-là sonne midi et demi. Laquelle a raison, embarras toujours nouveau pour notre amateur, qui finit par y perdre son latin.

Demander conseil à maintes personne est un mauvais système : c'est vouloir augmenter son incertitude. Tâchez de trouver un seul et bon avis, c'est difficile, il est vrai, mais c'est une étude qui a certes bien son mérite.

XXXIV.

LE PIÉTON ET LE POMMIER.

Bien fou qui abandonne la certitude pour une belle perspective; l'œil de l'homme se trompe souvent comme son esprit, surtout quand il regarde de loin.

Un voyageur peu riche apparemment, fort peu accueilli dans les auberges, s'était chargé, à défaut d'argent, de quelques pommes qui composaient le menu de ses repas. Le soleil était chaud, notre homme, la canne à la main, cheminait depuis quatre heures environ, lorsque sur le bord de la route, il découvrit un pommier chargé de fruits les plus appétissants. Voici bien mon affaire, dit notre piéton, au diable mes vieilles et mauvaises pommes, celles-ci sont bien meilleures et j'en vais faire provision pour toute la semaine. Et aussitôt de jeter à travers champs et sur la route les fruits qui remplissaient ses poches; mais tous ses projets devaient s'arrêter devant un large fossé, qu'il lui était impossible de franchir pour atteindre l'arbre, qui étalait ses branches si riches de fruits. Notre pauvre homme soupira, tourna la tête, chercha ses pommes qui étaient roulées dans la boue, il les essuya le mieux qu'il lui fut possible, et continua son chemin sans regarder davantage le pommier, ce qu'il eut bien dû faire plus tôt.

XXXV.

LA POULE ET LE JEUNE COQ.

Voyez ce puits fatal, c'est là qu'un de vos frères, dédaignant les conseils dictés par ma tendresse et mon expérience, voulut essayer ses ailes encore faibles et a trouvé une triste mort. Eloignez-vous, mon fils, de ce lieu funeste. C'est ainsi qu'une bonne poule, attentive et prévoyante, parlait à son jeune fils. Celui-ci promettait complète obéissance, et en lui-même il se riait des prudents avis maternels. Ma Mère est vieille, disait-il, elle a peur, pour qui me prend-elle donc ! un coq doit-il trembler comme un oiseau vulgaire ! le beau conseil ma foi qu'elle me donne, elle me croit donc un lâche ; mais peut-être a-t-elle caché dans le fonds de ce puits, une provision de grains qu'elle destine à ses fils nouveaux nés ; volons, volons vers ce lieu que l'on dit si funeste et voyons ; il dit, prend son essor, il arrive sur le bord du puits, se penche, regarde, se penche encore, se baisse et aperçoit son image. Que vois-je, c'est un coq, c'est un de mes frères, je l'avais bien pensé, il se nourrit de grains cachés ; voyons si, au moins, je ne pourrai pas en avoir ma part ; à l'instant il s'élance, et trouve, au lieu de grains, la mort.

Jeunes étourdis, qu'un sot orgueil, qu'une coupable présomption si souvent aveuglent. Jugez par cette fable, si on doit mépriser les conseils d'une mère.

XXXVI.

LE MÉCHANT ENDORMI.

Un soir d'été, lorsque le soleil était descendu de son char de feu, que la brise bienfaisante rafraîchissait la nature, quelqu'un voyant dormir sous un berceau, un tyran qui passait sa vie, à exercer sa colère et sa barbarie sur tous ceux qui l'entouraient, ne put s'empêcher d'en gémir. Ce scélérat, dit-il, dort d'un sommeil aussi calme que le ferait l'homme juste; dans ce repos si doux, je ne reconnais réellement pas la divine équité. Un vieillard l'entendit et lui dit : Tremble que ce dormeur ne s'éveille, rends-en grâce à Dieu, au contraire, car le crime dort lorsque le tyran sommeille; quand au milieu des ténèbres des nuits, la providence accorde quelques instants de sommeil aux méchants, c'est afin que les bons soient tranquilles.

XXXVII.

LE VIEUX CHASSEUR ET SES CHIENS.

Un homme, vieux chasseur intrépide, avait deux chiens courants vigoureux, de haut nez et d'excellente race. Amis, leur dit-il, les années m'ont cassé les jambes ; c'est fini, la vieillesse me barre le chemin, il faut renoncer à la chasse où je ne saurais vous être utile ; mais je pourrai vous indiquer la place où gissent à certaines époques, certains gibiers. Allez donc seuls, rapportez la proie, que St.-Hubert vous protège, et à votre retour au logis, tous les soirs nous partagerons en bons amis ; ce discours est agréé. On part. Un lièvre est lancé et nos deux coureurs en ont bientôt fait leur affaire.

Vous vous attendez peut-être, bénévoles lecteurs, à voir le levraut en question dépecé et partagé en trois parties égales entre nos trois sociétaires ; il n'en fut rien.

O que de gens si peu délicats mettent en usage de semblables moyens et même font encore mieux ! A leur langage on les prendrait pour de véritables Saints, ils sont généreux, obligeants, désintéressés, ils aiment tout le monde, ils ne cherchent qu'à rendre service. Indiquez leur un lièvre, ils le prendront pour eux.

XXXVIII.

L'ÉCOLIER ET LA ROSE.

Un jeune enfant de bonne maison, choyé, gâté par sa mère, se plaignait un jour à son précepteur que toutes les fois qu'il cueillait une rose, il se piquait les doigts. C'est une étrange chose, disait-il, tout en colère, de placer une fleur si belle, d'un parfum si agréable, sur un vilain buisson. Vous avez tort de vous plaindre, lui dit le maître avec gravité, le plaisir dans ce monde ne va pas sans la peine. Cette fleur qui vous charme par son parfum, par son éclat, vous voulez donc en priver ce parterre dont elle fait l'ornement, sans qu'il vous en coûte la moindre peine; cette rose si gracieuse, sur laquelle s'arrêtent tous les regards, vous voulez donc lui ôter la vie impunément, permettez au moins que la nature en vous comblant de ses faveurs mette un léger obstacle à vos désirs, à vos caprices. Le raisonnement du précepteur me paraît fort sage. L'écolier se plaignait à tort et au lieu de se livrer à sa mauvaise humeur, il devait avant de cueillir la rose, en écarter les épines.

La nature est remplie de largesses, sans doute, mais elle ne veut pas qu'on obtienne le bonheur sans peine et sans travail.

XXXIX.

L'HIRONDELLE ET LA PIE.

L'orage avait détruit le nid d'une hirondelle ; ce nid, pénible fruit de longs travaux, où la pauvrette avait rêvé réunion de famille et tous les plaisirs domestiques ; aussi dans sa douleur cruelle, faisgnait-elle l'air de ses gémissements et dans sa détresse appelait-elle la mort. Les oiseaux d'alentour prirent tous une part bien sincère aux douleurs de notre voyageuse ; mais une pie dont cependant on connaît la mauvaise nature, parut plus que tout autre s'intéresser au malheureux sort de sa voisine. Venez chez moi, dit-elle, ma pauvre et chère amie, puisque vous êtes sans asile, je vous offre le mien, il est spacieux ; venez nous causerons. Je vous remercie, ma voisine, répondit Progné, nous ne pourrions, excusez ma franchise, longtemps demeurer ensemble.

Pourquoi ce refus, dira-t-on ? Dans la position de l'hirondelle, c'est une sottise ; je ne suis pas de cet avis. Je l'approuve au contraire très fort ; car recevoir des bienfaits, même le moindre service de l'être qu'on méprise, c'est se déshonorer.

XL.

LA BREBIS ET LE BUISSON.

Une pauvre brebis égarée, dans l'épouvante que lui avait causé un orage affreux, au fond d'un buisson, s'était retirée à grande peine; mais lorsque le calme fut revenu, et qu'il fallut sortir de cet asile de salut, ce fut une autre affaire. Elle ne pouvait faire un pas, un seul mouvement sans que sa belle toison ne se déchirât ou s'attachât aux ronces et aux épines cruelles, qui lui enlevèrent et la laine et la peau.

C'est bien là l'image de ce qui se passe chez les hommes. Si malheureusement les amis, les parents, mûs par un sentiment de cupidité, d'injustice, rompent les liens sacrés qui les unissaient, et deviennent plaideurs, se placent sous la main de la justice; les tribunaux sont les buissons; mais les procureurs ou si vous voulez mieux, pour parler un langage plus moderne, les avoués sont les épines.

XLI.

LE CHEVAL, L'ANE ET LA VACHE.

Un bon cœur ne raisonne, ni ne suppute jamais, il agit incontinent.

Un pauvre âne égaré, demandait avec instance et du ton le plus poli, à un cheval qui gagnait son asile, un abri près de lui, pour la nuit seulement. L'orage, lui disait notre ânon, gronde de tous côtés, il fait un temps affreux, je ne pourrai trouver mon chemin, tant la nuit est obscure, demain au lever du jour je vous quitterai, bien reconnaissant de l'hospitalité que vous m'aurez accordée, pour retrouver mon moulin. Mon logis est excessivement étroit, répondit l'orgueilleux coursier, en vous y recevant, vous n'y seriez pas mieux que moi, car nous nous gênerions mutuellement, puis vous seriez fort mal accueilli par mon maître. Il pourrait même vous faire subir un traitement fâcheux; il voit tout, il sait tout; je n'ai de grain et de foin que mon stricte nécessaire, et je serais désolé de vous voir mourir de faim à mes côtés. Une vache qui près d'eux

cheminait tout doucement, ne perdit pas un mot de cette
conversation et elle devina bien vite la pensée de Mons Che
val. Viens, dit-elle au Baudet, viens mon ami, suis mfoi.
L'abondance ni le luxe ne règnent pas chez moi; mais ce
qui me reste de pâture, ma maigre litière, tout cela nous
le partagerons en frères. Tu n'aurais trouvé que la gêne
dans son palais, tu jouiras du repos dans mon réduit.

XLII.

L'ABEILLE ET LA MOUCHE.

Par un des beaux jours du mois de mai, aux premières
heures d'un soleil brillant et chaud, l'abeille picorant sur
sa route et la rose et le thym, s'en alla visiter sa parente
et voisine la mouche. La pauvre volatille, casée dans un
coin de son modeste manoir, était fort triste et souffrante,
il faut dire qu'elle relevait de couche et que n'ayant vu
personne depuis la veille, elle s'ennuyait beaucoup; mais
sa physionomie se dérida aussitôt qu'elle vit la visiteuse;
pattes dessus, pattes dessous, elle lui fit mille caresses.

Eh! bon jour, cousine, quel bon vent vous amène chez moi, que vous êtes aimable de ne pas abandonner tout-à-fait les pauvres malades. L'abeille lui fait à son tour mille gentillesses, et toute cette expansion de sentiments se prolonge pendant longtemps. Après ce préambule de tendresses réciproques, l'abeille parla d'un miel qu'elle avait fait, rien n'était plus exquis, rien n'était plus parfait ; celui du mont Hymette n'était rien en comparaison, il faut, dit elle, il faut que je vous en remette pour vos douleurs de poitrine : c'est que je le compose de serpolet, de romarin, j'y ajoute un mélange de sucre de rose, ensuite j'y joins.... La mouche l'interrompt enfin : De grâce, ma cousine, c'est assez, je ne doute pas de votre savoir faire ; mais parlons d'autre chose. Croit-on que l'été sera chaud? — Ah! reprit l'abeille, on craint bien que le miel manque cette année, heureusement j'en ai une bonne provision et je suis en mesure de passer l'hiver pour peu que mon essaim travaille passablement.... Paix! je n'y tiens plus, reprit l'autre en soupirant, l'ennui me tue, je reprends mes vapeurs. — A propos de vapeurs, ah! ma sœur, vous y êtes donc sujette? J'ai pour ce mal un spécifique infaillible, une recette excellente et que vous ne trouveriez pas ailleurs, je vous le déclare. Voici en peu de mots ce qu'il faut faire : Prenez un extrait de mon miel, mêlez y un peu de cire ... — Ah!

de grâce ; je n'en puis plus ; Votre miel, votre cire, vos spécifiques, dit la mouche courroucée par l'impatience, tout cela je n'en veux pas plus que de votre babil, qui me tue. Vous êtes une bavarde assommante, sortez bien vite de chez moi et n'y revenez plus.

Il faut en toute compagnie, en toute occasion, le moins qu'on peut, parler de soi.

XLIII.

CE QUE C'EST QUE LE BONHEUR.

De tous les habitants de ce vaste univers, qui peut-être considéré comme jouissant d'un véritable bonheur ? Est-ce l'homme chez lequel l'or abonde, dont les coffres sont sans cesse gorgés, qui étale dans un char somptueux son orgueil, son opulence ? Est-ce le savant, cet esprit lumineux, qui étudie les astres, leur marche, leur éclat, la terre et toutes les merveilles de la nature ? Est-ce le héros, le conquérant, le général renommé dont la redoutable épée dirige des phalanges nombreuses, qui détruisent les châteaux comme les chaumières ? Non, non, c'est l'homme content de son sort,

qui n'envie pas la position dés autres et passe sés jours éloi-
gné de toutes les tracasseries, do toutes los petitesses hu-
mainos ; c'est enfin l'homme qui sait commander à ses passions, qui n'a pas à gémir, aujourd'hui sur ses fautes d'hier,
qui enfin ne s'endort pas dans la débauche, et ne s'éveille
pas avec le remords.

XLIV.

LE VIEUX RAT ET SON FILS.

La jeunesse est ainsi faite, elle se rit presque toujours des
conseils et des sages avis paternels. La vieillesse *rabâche*,
la vieillesse *tremble* ; la jeunesse s'en moque et le temps
prouve plus tard qui avait tort ou raison.

Un vieux rat sur le point de passer de vie à trépas parlait ainsi à son fils qui fondait en larmes : Je te laisse, mon
enfant, en héritage une abondante provision de noix, de
fromage et raisin ; je ne parle pas de quelques croutes de
pain qui ne sont pas sans valeur. Jouis de mes économies,
jouis de mes travaux ; si tu veux être sage, use de tout cela
sans profusion et tu as pour de longues années ; mais prends

gárde à la friandise, c'est un écueil terrible ; méfie toi surtout du lard dont le fumet est si tentant ; le lard, souviens-toi, sera toujours la mort aux rats ; ne te laisse donc pas aller à ce mets séducteur. Si tu négliges ces derniers avis, mon enfant, tu *périras*. En disant ces derniers mots, il l'embrassa et tout était fini : le vieux rat n'était plus.

Le fils, maître des biens de la succession paternelle, d'abord s'en engraissa ; mais bientôt les noix, les noisettes, le fromage tout cela était par trop bourgeois. Voilà donc notre gaillard qui s'écarte de ses premières habitudes, qui va, qui vient dans les environs du lieu qui l'avait vu naître, et sur la dent duquel tombe quelques morceaux de lard, qu'il trouve, ma foi, très-délicats. Parbleu, se dit-il, il faut avouer que mon bon homme de père était imbu de bien singulières préventions ; il faisait triste chère avec ses rogatons. Je ne suis pas de son avis, vive et vive mille fois le lard, bien fou ou bien malheureux celui qui s'en prive. Mais un jour, il advint qu'en parcourant le pays, il découvrit dans une espèce de petit cabinet artistement construit un morceau de lard appendu fort légèrement, dont le fumet était réellement exquis : Bon, se dit-il, voilà bien mon affaire. L'entrée de cette espèce de cellule cependant lui parut suspecte ; il hésita, recula, avança, recula encore ; mais, ma foi, ne pouvant pas plus résister au lard si friant, que le fer résiste à l'aimant, il entre, donne le coup de dent, coup de dent fatal qui décroche et fait tomber la bascule; voici notre raton pris. Qu'arriva-t-il au gourmand et surtout à l'imprudent, nous le devinons tous. Son arrêt de mort fut bientôt prononcé.

La triste prédiction du vieux père fut donc accomplie. Hélas! combien de prédictions de ce genre se réalisent; car quel fils ne se croit maintenant plus sage que son père.

XLV.

LE PÊCHER ET LE PEUPLIER.

Un jeune et vigoureux peuplier, tout fier de sa verte chevelure, portait jusqu'aux cieux sa tête altière. A ses côtés était un pêcher, arbuste plus modeste, auquel la nature d'abord, puis un jardinier attentif donnaient tous leurs soins. Ce n'était pas en vain, car il produisait chaque année les fruits les plus beaux et les plus délicats. Que je plains ton esclavage; lui dit un jour l'arbre aux longs rameaux, sans cesse un jardinier par trop attentif te dépouille de tes branches,

Si quelques feuillages ornent ton front, rite tu en es privé par le ciseau meurtrier de cet homme vigilant. Tu ne connais de la liberté que le nom ; moi, au contraire, j'en jouis tout à mon aise, et tantôt j'élève avec fierté mes branches souples et verdoyantes jusqu'à la nue, tantôt mon feuillage se replie en mille contours ; enfin je suis libre et je m'enorgueillis de ma position. Le pêcher tout honteux du langage de son voisin, pour la première fois se crut réellement malheureux et s'abandonnait à de douloureuses pensées ; quand tout-à-coup le soleil s'obscurcit, le ciel se couvre d'épais nuages, le vent souffle, l'éclair luit à son tour, la foudre enfin fait entendre sa voix menaçante. A l'approche de ce bouleversement de la nature, le pâtre tout tremblant presse la marche de son troupeau pour regagner l'étable, le laboureur ramène à la hâte ses bœufs à la ferme ; mais le jardinier soigneux n'oublie pas son arbre favori. Le retentissement de la foudre qui approche ne l'empêcho pas de quitter sa chaumière, pour préserver son pêcher de tout accident. Il le couvre, il l'étaie ; enfin il le met à l'abri de toute catastrophe. Mais le peuplier gémit en perdant son feuillage, le vent redouble de fureur, ses branches volent en mille éclats. La terre est jonchée de ses superbes rameaux, et personne dans ce moment cruel ne lui tend une main amie, une main secourable. C'est alors que le sort de son modeste voisin lui revient à l'esprit ; il paierait bien de son indépendance, de sa liberté, quelques secours qui pourraient lui sauver la vie; mais l'orage redouble de véhémence, le malheureux arbre craque, se déracine et tombe tout mutilé.

Pouvoir se passer de tout le monde est une orgueilleuse et sotte folie, quelque soit notre position dans ce monde. Ceci est mon avis, nous avons tous besoin de secours et d'amis.

XLVI.

LE PIGEON ET LE MOINEAU.

On faisait la quête chez toute la gente volatile pour un moineau dans le besoin; mais on ne trouvait que des discoureurs, des sermonneurs qui payaient en belles paroles; de monnaie, de grainaille, point. Ce n'était pas l'affaire du pauvre passereau. Un pigeon fut le seul, quoique peu aisé, qui offrit le gîte et la table à l'indigent Les autres oiseaux ne savaient que dire de ce pigeon malheureux lui-même, qui faisait acte de charité. L'infortune, le besoin,

leur dit celui ci, préparent le cœur à la pitié. Lorsqu'on
jouit de toutes les douceurs de la vie, pense t-on qu'à ses
côtés, à sa porte, des misérables grelotent de froid et tom-
bent d'inanition ; mais quand on est dans l'adversité, on sait
mieux que tout autre quelles sont les souffrances, les tor-
tures de celui qui manque de tout.

XLVII.

LE CHAMEAU ET LE BOSSU.

Le son aigu du fifre, mêlé au bruit du tambour, relon-
tissait un beau matin dans les rues de Paris. Force ga-
mins, force oisifs accouraient à ces bruyants accords ; c'é-
tait tout simplement l'orchestre qui accompagnait la marche d'un chameau du plus haut parage tout récemment
arrivé de Tunis. Dans l'énorme cercle de curieux qui ex-
aminaient le quadrupède étranger, on entendait d'abord un
riche orgueilleux et despote, qui préférant des courtisans à
des amis, vantait la soumission de la bête. Un magistrat

trouvait son maintien grave. Un avare à son tour faisait l'é-
loge de sa sobriété. Vint ensuite un M. de Bossandos, bossu
bien caractérisé : Messieurs, dans tout ce que vous avez
dit, vous avez omis de parler de cette gracieuse éminence,
qui charge et orne son dos. Il me semble que la physionomie de la bête en reçoit un certain air d'élégance et de
noblesse, qu'on ne rencontre pas dans les autres animaux.

Ce langage du bossu nous porte à rire, et cependant
combien sont comme lui. Tous les jours, l'homme en fai-
sant l'éloge d'autrui, fait son éloge.

XLVIII.

LE JEU DE BULLES DE SAVON.

A l'âge où tout est jouissance, à cet âge où tous les plaisirs sont des jeux qui ne laissent ni regret et encore moins de remords, à cette époque de la vie enfin où l'on ignore même le pressentiment du malheur, un jeune enfant, heureux de l'existence, bornait son univers aux naïfs plaisirs, aux douces joies de son âge ; entr'autres instants de bonheur il ne préférait rien plus que celui où armé d'un frêle chalumeau, il lançait dans l'air des bulles de savon. Voyez notre petit orgueilleux tout fier de sa puissance, en soufflant dans un ver d'eau, il croit qu'il créée des mondes sans nombre et sous toutes les formes. Il bondit de plaisir en contemplant son œuvre, sur son front le bonheur est épanoui, mais au moindre toucher la bulle s'évanouit.

Ce jeu d'enfant, de la vie est la fidèle image : gloire, ambition, richesses, honneurs, tout cela n'est qu'un songe, tout cela n'est qu'une bulle de savon.

XLIX.

LE VAUTOUR ET LA COLOMBE.

La perfidie, la mauvaise foi, le mensonge sont toujours les auxiliaires des méchants.

Un vautour sur un roc escarpé tenait entre ses serres une colombe qu'il dépouillait de ses plumes. Ah! méchante bête, lui disait-il, je connais ton aversion pour moi et les miens; mais il est des dieux vengeurs. Je le voudrais, hélas! répondit l'innocent oiseau. O comble de forfaits, reprit le vautour, tu oses douter de l'existence des divinités du ciel. Je voulais te pardonner, mais ton impiété me révolte, m'irrite, et scélérat je te donne la mort que tu mérites.

L.

LE PAUVRE ET SON CHIEN.

L'amitié est un bienfait des dieux. Aussi que de bonheur, que de consolation trouve t on dans le sein d'un véritable ami. Sans amitié notre cœur est vide; enfin aimer et trouver qui nous aime est un brûlant désir qui est dans la nature de l'homme.

Un vieillard tout courbé sous trente ans de misère, mais dont le cœur était bon, était généreux, pouvait encore compter un ami sur la terre. Cet ami, c'était Médor, c'était son chien. Médor recevait sans cesse les caresses de son vieux maître et il les lui rendait avec usure. Médor n'avait pas d'autre couche que les mêmes lambeaux sur lesquels se reposait le vieux Michel. Lorsque le jour venait éclairer la triste demeure de nos deux amis, ils partaient ensemble, cheminaient de rue en rue, et la voix gémissante de Michel, réclamait à chaque passant, ou une aumône, ou un peu de pain. Mais souvent on blâmait le luxe de notre indigent : pourquoi, disait un passant, cet homme a-t-il ce barbet, il a donc pour lui plus qu'il lui faut ; comment, lui disait un autre, tu ne peux te nourrir et tu nourris un chien. Sans mot dire, à pas lents, les deux amis continuaient leur chemin. Si ces deux boutades faisaient verser quelques larmes au vieillard, il les essuyait bien vite, flattait son vieil ami, en disant : te quitter, mon bon Médor, ah! plutôt quitter la vie, et qui donc, sans toi, m'aimerait ici-bas?

La pitié du riche est quelquefois si dure, qu'elle trouve toujours quelque prétexte pour ne pas lâcher un denier.

LI.

LE VIEUX GENTILHOMME ET SES ARBRES.

Après avoir servi pendant plus de trente ans son roi et son pays, un gentilhomme aussi brave que bon, s'était retiré dans l'ancienne maison de ses pères où il vivait solitaire, cultivait ses jardins, dressait ses espaliers, taillait ses pommiers, entait ses pêchers ; enfin prodiguait ses soins et consacrait son temps aux arbres de toute espèce, qui en retour lui donnaient d'excellents fruits. Par ces travaux, notre vieux guerrier charmait les ennuis de ses vieux ans, et s'abritait ainsi contre ce cruel poison de la vieillesse.

Lorsqu'au temps où naissent les fleurs, à ces jours où l'air est plus doux, le ciel plus pur, l'homme se sent pour ainsi dire débarassé des frimats de l'hiver, ses arbres étalaient déjà leurs vives couleurs, et annonçaient leur future richesse, notre bon propriétaire s'enorgueillissait de cette famille de fleurs qui l'environnait. Il faisait admirer à ses amis tous ces dons de la nature. Touchez, touchez ces fleurs, disait-il à l'un, c'est un véritable satin ; voyez, disait-il à un autre, la pourpre brillante de ces pêches ; jamais empereur romain en eût il de plus éclatante. Si quelque arbre manquait de rapporter ; j'aime qu'il se repose, disait-il. Si le fruit ne se trouvait pas de bonne qualité, c'est peut-être ma faute ; j'ai laissé trop de bois, ma taille est mauvaise Les arbres et arbustes en l'entendant se disaient l'un à l'autre : Que nous sommes heureux d'avoir un si bon maître, il vante nos qualités, surfait notre beauté, excuse notre paresse, atténue nos défauts. Chacun alors plein de reconnaissance s'excitait à donner en abondance les plus beaux fruits.

Ces arbres sont les jeunes gens ; ces fleurs ; ces fruits sont leurs talents. Veut-on dès leurs premières années les amener à des succès plus tard si précieux pour l'avenir ; s'ils ont le désir de bien faire, s'ils ont enfin cette noble ambition de l'étude, il n'est pas de plus vif aiguillon, que la louange, que l'émulation.

LII.

LES FRÈRES DE LAIT.

L'amitié c'est le langage sérieux d'un cœur sincère. Ce sentiment n'existe plus aussitôt que le cœur est gâté par certains défauts trop communs de nos jours. Je veux parler de l'*orgueil*, de l'*égoïsme*, de l'*intérêt*.

Albert en était à son troisième printemps, gros et joufflu,

déjà trottant sans lisière. Madeleine sa nourrice se disposait donc à aller à Paris, le rendre à ses parents, et c'est un triste moment pour ces bonnes paysannes que celui où il faut se séparer d'un nourrisson qu'on a conservé pendant trois années, et sur lequel on a partagé et ses soins et sa tendresse ; la nourrice se croit une mère. Le jour cependant était fixé. Jacques, le véritable fils de Madeleine, devait accompagner Albert : deux paniers furent placés sur la bourrique et les deux enfants y prirent place. Albert allait entrer dans sa famille, occuper un hôtel somptueux, dormir sous des lambris dorés, trouver des vêtements riches et brillants et peut-être hélas devait il laisser à la porte de l'opulente demeure de sa mère, avec ses vêtements simples mais propres, son caractère bon, franc et cordial. Jacques, lui n'était que le petit Jacques, fils de Madeleine et de son mari Pierre, il aimait tant Albert, qu'il ne le quittait pas. Albert lui rendait toute aussi bonne tendresse, ils arrivèrent. La mère d'Albert le prend dans ses bras : que cet enfant est gros, que cet enfant est grand, c'est à qui dans la maison s'étendra le plus sur la belle santé du nouvel arrivé. Madeleine, après maints remerciments est largement payée : il faut se séparer. Se séparer après trois grandes années de tendresse réciproque ; que de larmes, que de soupirs de part et d'autre. Albert se désole, car il aimait Jacques comme son véritable frère. On demande alors à la bonne nourrice de fréquentes visites : mais quand vous viendrez à Paris, n'oubliez pas surtout d'amener votre petit Jacques : nous voulons le revoir.

La toilette du hameau ne convenait pas au séjour de Paris ; Albert est donc vu et revu des pieds à la tête. Toute sa garde-robe du village est mise aux vieux haillons ; veste et culotte d'étoffe, riche et gracieuse coiffure à l'avenant, tout cela est bientôt endossé par le jeune arrivé, qui en se voyant au miroir, oublie presque et le village de Madeleine et son petit ami Jacques...

Quelques mois s'écoulèrent, l'hiver faisait place au printemps ; je voudrais bien porter à Albert une galette, dit Madeleine à son mari. Qu'en penses-tu ? Pierre n'objecte rien à ce projet. La mère et l'enfant, car Jacques était de la partie, se mettent en route. A leur arrivée à l'hôtel, réception guindée et froide. Albert trouve Jacques trop mal vêtu, et même sans la galette, présent de la pauvre mère, peut-être ne l'aurait-il pas reconnu. Un gâteau tout frais, un fromage appétissant, quelques fruits, quelques raisins, enfin les produits de la ferme, les produits les plus beaux bien entendu, accompagnèrent la galette, tout fut bien reçu, mais ce fut tout ; et tandis que la pauvre paysanne n'est occupée qu'à épancher sa tendresse sur l'enfant qu'elle a tant soigné, qu'elle a tant aimé, le marmot traîne son chariot, bat du tambour. Jacques réclame à son tour un peu de ces bruyantes jouissances, mais Albert ne connaissait plus son frère du hameau ; il refusa nettement et regarda même le petit paysan avec dédain. Madeleine alors prend Jacques par la main (les larmes inondaient ses paupières). Viens, lui dit-elle, voilà Albert un grand Monsieur, viens mon enfant, tu n'es plus son ami

Un ami qui se croit plus que son ami, c'est impossible: la qualification alors est un mensonge.

FIN DES FABLES.

DES DEVOIRS ENVERS DIEU

et des conséquences qui en résultent pour l'homme.

Le premier des devoirs que l'homme ait à remplir sur terre, c'est celui envers Dieu. La raison ne nous permet pas de douter de cette importante obligation, notre cœur doit sans cesse en éprouver le besoin, et tout ce que nous voyons nous y excite.

Placés au milieu de cet univers, dont le spectacle est si majestueux, si imposant, dont la variété des productions nous ravit et nous enchante, la raison nous dit qu'il y a un être puissant et bon, qui a fait cet admirable ouvrage, qui le conserve, le gouverne, l'administre avec des lois sages, et que nous ayant donné l'être, il nous aime comme ses enfants.

Depuis vos plus jeunes années, mes bons amis, non seulement vous avez entendu parler de Dieu, mais chaque jour vous avez dirigé votre pensée vers lui, à mesure que votre raison s'est développée et que votre instruction s'est avancée, vous avez appris que tous les peuples de la terre reconnaissent Dieu, et l'adorent comme l'être tout-puissant qui gouverne le monde. Sa puissance est donc sans bornes comme son indulgence, comme sa bonté ; car qui dit Dieu entend tout ce que la perfection en tout, a de plus étendu. Aussi les cieux *publient sa gloire* et le magnifique et ravissant spectacle de la nature nous parle sans cesse de sa puissance Quelqu'un, autre que Dieu, pourrait-il être l'auteur de si grandes et nombreuses merveilles ? C'est du sein de la toute-puissance, et ce qui est tout-puissant est divin, que découlent tant de choses, devant lesquelles l'homme doit s'humilier, devant lesquelles l'homme enfin est comme le pygmée aux pieds du géant.

Eh bien ! mes enfants, ce Dieu si grand, si majestueux, rappelez-vous sans cesse qu'il est partout, qu'il lit continuellement dans le fond de votre âme, qu'il juge vos péchés et vos actions les plus secrètes. Oui, mes enfants, si vous faites une bonne ou une mauvaise action, sans être vu des hommes, Dieu est là qui vous voit et qui, n'en doutez pas, vous récompensera ou vous punira tôt ou tard.

C'est surtout en descendant dans l'intérieur de sa conscience qu'on reconnaît l'existence de cet être suprême. La conscience, mais c'est notre guide, ne repoussons, ne rejetons jamais ses conseils Sa voix est une voix amie, c'est la voix de Dieu qui nous trace notre conduite, qui nous indique ce qui est bien, ce qui est mal aussi c'est le plus beau présent de la divinité à l'homme. Vous pouvez tromper les hommes, mais Dieu, mais votre conscience, jamais vous ne les tromperez.

Souvenez-vous bien, mes enfants, que si vous avez toujours la crainte de mal faire, parce que vous avez la persuasion que Dieu vous voit ; si vous avez une entière confiance en sa justice, en sa bonté, vous serez toujours sages, toujours heureux ; l'arme du méchant ne pourra vous atteindre, les revers de la fortune ne pourront vous abattre, et plus tard, lorsque vous serez lancé dans le tourbillon de ce monde, quelquefois si injuste, si méchant, vous serez heureux même au milieu de l'adversité.

Qu'il est consolant pour celui qui remplit bien ses devoirs, de penser que le juge suprême qui lit dans tous les cœurs, sonde à chaque minute les replis de notre âme ! De pouvoir se dire à la fin de chaque journée, j'ai réprimé mes passions. je n'ai affligé personne, j'ai fait tout le bien qu'il m'a été possible. O mes enfants que le sommeil est doux et calme, quand il nous surprend au milieu d'idées aussi consolantes. Voilà le tableau de l'homme de bien, et cette sécurité, cette félicité, disons le mot, il la doit à cette persuasion profonde où il est toujours, que Dieu le voit sans cesse.

Eh bien ! cet être si bon, si indulgent et en même temps si puissant et si grand, à qui vous devez l'existence, la contemplation de toutes ces merveilles célestes et terrestres qui frappent sans cesse notre vue, à qui vous devez votre bonheur, le seul réel sur cette terre, a droit infailliblement à nos hommages de respect et à notre reconnaissance de cœur. Voilà le but de la religion sainte, qui vous vient de Dieu même et qui vous a été transmise par vos ancêtres. Cette religion vous commande d'honorer et de glorifier notre créateur, de le remercier tous les jours des bienfaits qu'il nous accorde, des maux qu'il nous évite. Tels sont, mes enfants, les principes qui doivent être gravés dans tous les cœurs.

La religion est une vertu qui met l'homme en rapport direct avec Dieu. C'est la religion naturelle, la religion du cœur, la religion de la conscience qui veut qu'il aime celui qui l'aime, qu'il soit reconnaissant envers son bienfaiteur. Cette religion est commune à tous les hommes, malheur à celui dont le cœur n'en est pas pénétré. Puis il en est une seconde qui corrobore, fortifie, dirige la première. Cette religion repose sur deux bases : l'une c'est la foi qui nous fait croire fermement à tout ce que Dieu a révélé à son église ; l'autre c'est le culte qui consiste dans la pratique des cérémonies prescrites par l'Eglise.

Les hommages que nous devons rendre à la divinité, l'éclat des cérémonies qui doit environner ces hommages, les prières que nous devons de préférence lui adresser, tout cela est réglé, fixé, indiqué par la religion catholique, à laquelle nous sommes heureux d'appartenir. Si vous avez quelques grâces à présenter au pied du trône céleste, quelle prière plus belle et en même temps plus simple que le PATER NOSTER? Cette prière toute divine que Jésus-Christ adressa lui-même à son père, lors de l'agonie du jardin des Oliviers ; cette prière renferme en peu de mots tout ce qui peut être l'objet des désirs du sage. La religion que vous professez, mes enfants, consiste donc particulièrement dans trois choses : CROIRE, FAIRE DEMANDER. Dans le symbole des apôtres sont tracées toutes vos croyances ; dans les commandements de Dieu et de l'Eglise, les obligations qui vous sont imposées ; dans l'oraison dominicale quel doit être l'objet de vos demandes. Gravez ces trois choses dans votre mémoire, mettez-les en pratique, et tous les jours nourrissez-vous des préceptes de l'*Evangile*, et avec un tel système de vivre, comptez sur une existence calme et heureuse.

Le sentiment de la religion, comme je vous l'ai dit plus haut, est universel. Tout homme qui n'en a point, est un homme dangereux, je dirais presque méprisable ; il ne mérite au moins la confiance de personne Préservez-vous surtout mes chers amis, de ceux qui s'en font gloire, ils ruiraient à votre réputation, s'ils ne pouvaient nuire à votre conduite. On devient en quelque sorte responsable des sentiments de ceux avec qui l'on vit.

Voilà, mes enfants, tout ce que j'avais à vous dire, en terminant ce petit volume, sur la chose la plus importante de l'homme dans ce monde. Remplissez donc ponctuellement vos devoirs religieux, mais que ce soit toujours sans ostentation, sans hypocrisie. Les plus belles choses sont dégradées, ternies par ces hideux défauts. Faites vos devoirs, seulement pour le plaisir intérieur que vous en éprouvez. La tranquillité de votre conscience est préférable à tous les vains applaudissements des hommes. Dieu qui est là haut vous juge pour l'éternité, et les hommes qui ne paraissent qu'un instant sur la terre, vous jugent pour un moment.

PETIT MANUSCRIT.

PETIT MANUSCRIT.

CONSEILS PATERNELS.

Si tu veux être heu-
reux, mon fils, avant
tout, rends hommage au
Créateur, respecte et

honore les auteurs de tes jours; dans tes maîtres, dans tous ceux qui dirigent tes premiers pas, vois tes premiers et tes meilleurs amis.

—————

Parmi tous les défauts et les vices qui dégradent l'humanité, un des plus vils, c'est le mensonge. Évite cette bassesse; une faute, même grave est presque toujours excusable lorsqu'elle est avouée franchement.

J'ai à te parler aussi d'un défaut hideux, c'est l'hypocrisie. Fuis et méprise ces gens dont un masque trompeur te dérobe les traits: l'homme de bien, l'homme vertueux se montre toujours à visage découvert; il est dans le monde ce qu'il est en lui-même.

———

L'amour de l'or est la passion d'une âme commune. L'avare n'aime rarement autre chose que son coffre-fort; pour échapper au juste mépris dont on doit accabler un homme égoïste, pense que les vertus peuvent toujours remplacer la fortune, tandis que la fortune ne peut pas remplacer les vertus.

S'il est dans ce monde une jouissance réelle, exempte de tous remords, c'est l'étude... Combien ne doit-on pas ambitionner ce vrai trésor, le seul à l'abri de toute spoliation! Les commencements de cette existence de travail, d'étude te paraîtront durs et ingrats, mais plus tard tu verras combien les résultats en sont précieux.

Si tu veux avoir des amis et être bien vu de tout le monde, sois modeste et doux. On recherche et on prise fort l'homme candide et modeste, mais on évite, on fuit l'orgueilleux, car l'orgueil gâte les plus beaux dons que le Ciel ait pu nous faire.

N'oublie jamais le bien que l'on t'a fait; en toute occasion prouve ta reconnaissance, mais ne tire jamais de gloire du bien que tu peux faire, que tu as pu faire. Laisse à d'autres le soin de te louer, et le désir de t'imiter.

—————

Si dans le cours de ta carrière, tu as à prendre un parti entre l'honnête et l'utile, n'hésite pas un instant, suis l'impulsion de ton coeur, écoute le cri de ta conscience. L'honneur, sans balancer, doit toujours l'emporter sur l'intérêt.

———

Le matin, lorsque les feux de l'aurore dissipent l'obscurité du sommeil, le soir, lorsque tu veux te livrer au repos, offre ton coeur à Dieu; prie-le de te favoriser de son regard vigilant et paternel. Si ton coeur est pur, si ta prière est sincère, le ciel, n'en doute pas, exaucera tes voeux. Mieux que toi-même, Dieu sait ce qu'il te faut. Marche toujours avec droiture, avec confiance et souviens-toi constamment, qu'un jour viendra où le Juge suprême couronnera le juste et punira le méchant.

Je m'arrête, mon fils, en te suppliant de ne jamais oublier ces quelques avis; qu'ils soient toujours présents à ton esprit, pendant le trajet difficile de cette vie, comme les jalons que suit l'oeil inquiet du voyageur qui parcourt un chemin dangereux; ils te préserveront de bien des dangers, de bien des peines, et je serai heureux de ton bonheur...

FIN.

[illegible]
[illegible]
[illegible]
[illegible]
[illegible]
[illegible]
[illegible]
[illegible]
[illegible]

TABLE DES MATIÈRES.

FIN DE LA TABLE.

NotA. — Toutes les fables marquées d'un F sont de Fénelon.

Auxonne, Imprimerie de X. T. Saunié.

On trouve à la même librairie :

COURONNE D'IMMORTELLES (la) ou choix de faits ou actions remarquables, etc., etc., par X.-T. Saunié, un vol. in-18, broché,   50 c.

NOUVELLE MÉTHODE DE STYLE ÉPISTOLAIRE dédiée à la jeunesse. par *le même* (2ᵉ édition), 1 vol. in-18, broc. 60 c.

NOUVELLE MYTHOLOGIE à l'usage des écoles et pensionnats des deux sexes, par l'abbé G*** curé d'A..., in-12. br, 60 c.

THÉRÉSA ou la providence n'abandonne jamais la vertu, par X.-T. Saunié. (Livre de lecture), in-18 broché,   50 c.

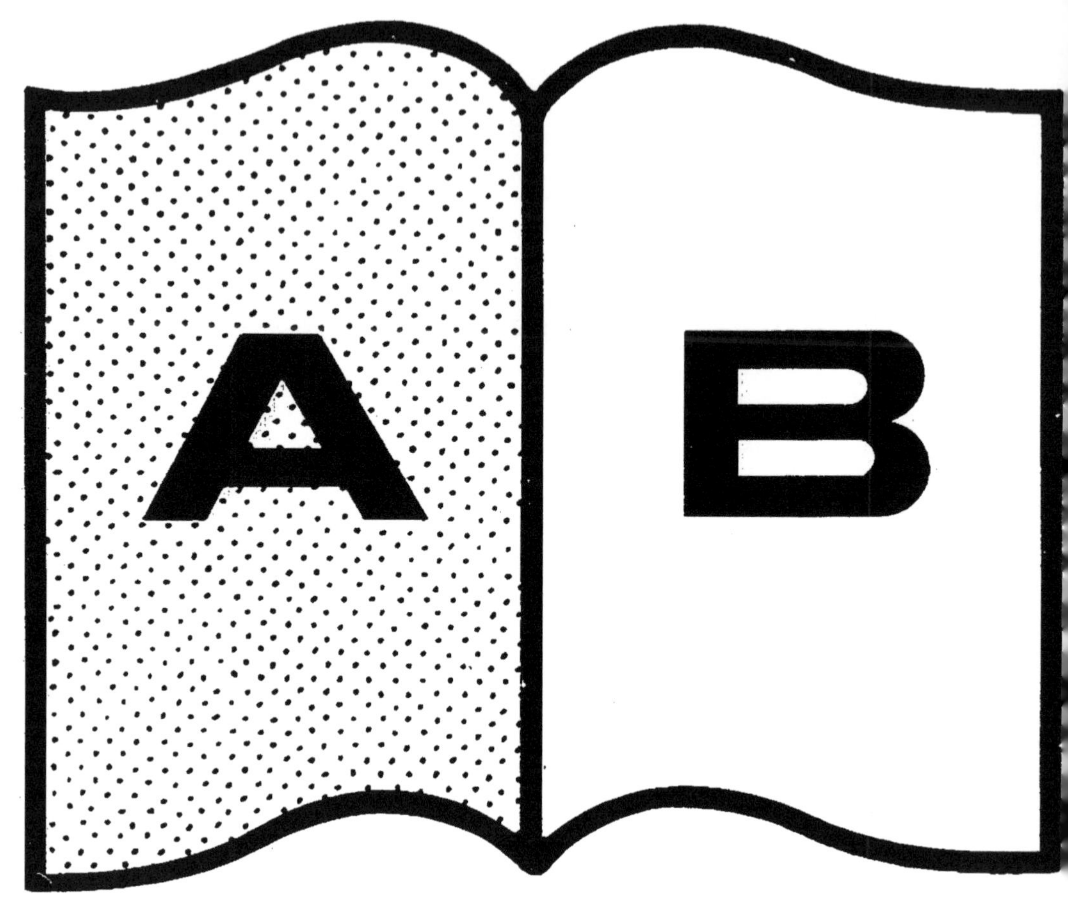

Contraste insuffisant

NF Z 43-120-14